AMARON
HASTA EL FINAL

EDELVIVES

Depósito Legal: Z. 1236-97
ISBN: 84-263-3703-1
Talleres Gráficos Edelvives
50012 Zaragoza
Printed in Spain

Amaron hasta el final

Manuel de Unciti

CAPÍTULO UNO

OLÍA a cuerno. A cuerno «quemao», para mayor concreción. Se mascaba —en el ambiente— la proximidad de la tragedia. Ésta iba a llegar inexorablemente, cruel y dura. Sólo faltaba fijarle fecha. ¿Sería para mañana? ¿Sería para hoy? Servando —¡nada menos que él, mocetón de cuarenta y cuatro años floridos, optimista, alegre siempre!— se dispone a escribir unas pocas líneas.

Pero, ¡qué líneas! Son un SOS a la desesperada. Un SOS dirigido al Papa, al Alto Comisionado de las Naciones Unidas para los Refugiados, a los gobernantes de las naciones poderosas. Un SOS estremecido y estremecedor, angustioso. Todo el llamamiento está centrado en la suerte del millón largo de refugiados ruandeses y burundeses; y en la del otro medio millón más de zaireños de la ciudad y región de Bukavu que se han sumado a los primeros en un bíblico éxodo por caminos y colinas sin horizonte, sin objetivo, sin saber adónde dirigirse.

Hay que huir. Hay que escapar del infierno. De quedarse en los campos de refugio o en las casas y calles de la ciudad, su muerte será segura por los bombardeos o por el fuego entrecruzado de los contendientes: soldados del ejército nacional del Zaire, milicianos hutus *interahamwes*, tutsis zaireños o *banyamulengue*. Todos, por intereses muy distintos, contrarios incluso, «empujan» a los refugiados. Los arrastran.

Por los caminos y por la selva, tal vez —¡quién lo sabe!— pueda encontrarse alguna posibilidad de supervivencia, una incierta esperanza, un golpe de fortuna. Faltará la comida. Faltará el agua. Faltará el resguardo contra las lluvias y el frío. Faltará el medicamento contra el cólera, contra la malaria, contra la disentería... Pero no todos morirán. Alguno logrará sobreponerse al azote de los cuatro caballos del Apocalipsis: la guerra, el hambre, la enfermedad, la muerte...

Nada dice el SOS sobre la suerte —la mala suerte—, previsible, segura, de quien lo está redactando. Nada sobre lo que con toda probabilidad va a ocurrirles a sus tres compañeros, Julio, Miguel Ángel y Fernando. Ni él ni ellos cuentan para nada en el texto de este SOS. Los refugiados, sí; sólo los refugiados y los acongojados zaireños que se les han juntado en la marcha imposible hacia ninguna parte.

Servando y sus compañeros, no. De tiempo atrás se han despojado de sus propios intereses personales. Se han puesto, muy conscientemente y del modo más radical, al servicio de los que ellos entienden ser «los más pobres de entre los más pobres», por utilizar la expresión que figura, reiterativa, en su correspondencia y en las notas de sus diarios. Se deben a ellos. Ellos son la razón de su vida. Los que dan sentido, contra la voz de la prudencia, a su permanencia en esta atormentada región zaireña del lago Kivu. Por eso no hay en el SOS la más pequeña referencia a lo que pueda sucederles a ellos cuatro. Sólo cuentan los refugiados. Sólo ellos. A lo sumo, cuentan también los cuatro —Fernando, Miguel, Julio y Servando— pero en cuanto identificados, perdidos, mezclados, confundidos, fundidos con esa masa ingente de hombres, mujeres, ancianos, jóvenes y niños que huyen hacia una muerte probable para escapar de una muerte cierta.

Servando acaba de escribir el texto. Más con su sangre que con su tinta. Tiene prisa por hacerlo llegar a sus altos destinatarios. Al Papa. A los gobiernos de los países occidentales. A las autoridades de la ONU. Lo leerá a través de la Cadena Cope. Con voz entrecortada por la emoción. Con dolor. Con un acento que se instala a medio camino entre la súplica y la rabia.

No sabe aún —aunque sí es probable que lo sospechara— que este SOS va a ser su testamento. Y que sus términos adquirirán pronto una nueva fuerza —como lo subrayará José María Ferre ante una concentración de cinco mil madrileños en la Plaza Mayor de la capital de España el 12 de noviembre del 96— porque estarán ya no sólo escritos, sino «regados con su sangre».

«Los sobrevivientes de los refugiados ruandeses de la región del sur-Kivu, en el Zaire, os dirigen este SOS para solicitar de vuestra alta autoridad moral que se ponga fin a su persecución y desaparición, lenta pero segura.»

Habla Servando de «sobrevivientes». Pide que «se ponga fin» a una carnicería que ya está en marcha de unos meses a esta parte. Solicita la intervención de las más altas autoridades morales de este mundo porque, aunque sea a pasos contados, todo deja entender que hay quienes persiguen la «desaparición» del millón largo —millón doscientos mil, tal vez— de refugiados. Su aniquilación más total. «Alguien quiere perseguirlos e incluso eliminarlos masivamente.»

Sabe Servando por qué dice lo que dice; por fuerte que resulte su denuncia de un plan —programado, intencionado, preciso— para la eliminación de miles y miles de personas indefensas. Cuenta para afirmarlo con lo que ha tenido que ver durante meses, a partir —sobre todo— de agosto del 95.

Era por aquel entonces un recién llegado a la población de Bugobe. Se había ofrecido para trabajar

en algún campo de refugiados ruandeses. Se le había asignado, a él, primero, y a sus tres compañeros, después, el de Nyamirangwe. Desde el mes de junio de ese 1995 estaba allí. No se había separado de «su nueva familia», como él llamaba a los venticinco mil refugiados de Nyamirangwe, sino durante unas cortas vacaciones en el verano del 96 en Hornillos del Camino, en la provincia de Burgos, el pueblo en el que había nacido un 20 de julio de 1952. Allí estaba su madre, la señora Otilia, con sus ochenta y cinco años de ancianidad. Viuda. Pero entera, animosa, comprensiva con la vocación misionera de su hijo. «África era su vida. Mi hijo vivía aquello», comentará cuando un triste día de noviembre —el ocho— le comuniquen que su hijo Servando había sido cruelmente asesinado en su amada África.

Hace falta mucha entereza de ánimo —y mucha fe cristiana— para añadir a renglón seguido, como lo hará en esa ocasión la señora Otilia, estas impresionantes palabras: «Me siento orgullosa de mi hijo, aunque me deja un hueco grande en el corazón. Era cariñoso. Era un hombre de Dios y de los pobres».

El corazón de la señora Otilia sabía mucho de lo que es amar y, por eso, el «hueco» que le dejaba su hijo Servando le resultaba difícil, por no decir imposible, de llenar. Había amado mucho a su esposo. Había amado a sus diez hijos. Los había amado y los había educado para amar. Tres de sus hijos —Serafín, Fernando, Servando— y dos de sus hijas —Mary y Elia— habían optado por la vida religiosa. Para poder amar sin fronteras. Así, Servando quien, siempre que se refería a los refugiados de Nyamirangwe, lo hacía diciendo «mis hutus»; o, como ya se ha indicado, «mi nueva familia».

Servando, bien educado por su madre, también sabía mucho de amar, sin duda. Al leer ahora su correspondencia se advierte enseguida la ternura —contenida y austera, de buen castellano; alegre y hasta un tanto divertida y maliciosa, propia del hombre optimista que era— con que se dirige a su madre, a sus hermanos, a sus familiares. Es una ternura que se hace sentir en sus notas a sus superiores, a sus hermanos de Instituto, a sus compañeros de la Bética, la provincia religiosa a la que pertenecía y en cuyas actividades educativas y pastorales había empeñado sus fuerzas durante casi venticinco años. «Haz llegar la información, escribirá un día, a mi ex comunidad de Castilleja, siempre recordada y querida.»

¡Cómo y cuánto había gozado la señora Otilia y cómo y cuánto había gozado —«gustado», dirá él— Servando el día ese del mes de agosto de 1996 cuando todos los hijos habían podido reunirse con su madre en Hornillos del Camino! Ella y él, la señora Otilia y el hermano Servando, estaban acostumbrados a amar y a gozarse de los encuentros familiares y, en el caso de Servando, de las reuniones comunitarias. En la primera carta que escribe Servando al término de su primera semana en el campo de refugiados, se desliza un pequeño detalle, que vale por todo un poema, de su ternura. Cuenta que no puede comunicarse con los niños porque los pequeños ignoran el francés y él desconoce aún lo más elemental del kinyaruanda y del suahilí y del mashi, que son las lenguas, sobre todo la primera, que los niños utilizan de continuo hasta que en los cursos de secundaria se les enseña el francés. Los pequeños se enraciman en torno a Servando. Una mano le agarra el pantalón. Unos brazos tratan de subírsele al cuello. Rodeado por los niños, apretujado por ellos, Servando sonríe. Y comenta, alborozado y feliz, que ya ha aprendido que ese *Mzungu* que gritan los niños significa «hombre blanco» y que él ya sabe decir *yambo*, «buenos días» en Suahilí, y *muraho* o *murabeho,* «hola» en kinyaruanda.

Toda esta ilimitada ternura de Servando, y toda esta clara conciencia de que «sus hutus» son «su nueva familia», está presente en el SOS patético que va gritando desde la Cope. Es un SOS que intenta defender con uñas y dientes a «los suyos», a los que ama. «La situación —clama— es absolutamente desesperada.» Si no se detiene el éxodo de los refugiados y se apartan de ellos las causas que los obligan a lanzarse sin rumbo ni norte en un último intento para escapar de la muerte, el mundo tendrá que asistir «a la catástrofe más grande que se ha vivido».

Concreta los contornos de la tragedia. Dice: «Los refugiados y, en primer lugar, los más vulnerables —los niños, las mujeres, los ancianos— están a punto de perecer sobre las carreteras y las colinas bajo una lluvia torrencial». Seguirá gritando: «No tenemos comida; ni una sola aspirina». Más: «Lo que puede ocurrir es imprevisible, porque al más de un millón de refugiados se está sumando ahora mismo la población zaireña». Se refiere a la ciudad de Bukavu, a la población de la ciudad zaireña de Bukavu: «Otras quinientas mil personas» que se unen a la caravana inmensa «sin saber adónde van», «por miedo a los ataques que se produjeron ayer tarde». «La ciudad de Bukavu —grita más aún— se está vaciando. Esto es indescriptible.»

La denuncia final retumba como un trallazo: «Alguien quiere perseguirlos e incluso eliminarlos masivamente, ya sea por las balas, el hambre, el frío, las enfermedades, ya sea por todos estos elementos juntos».

Octubre del 96 se encamina hacia sus últimos días. Servando expresa su dolor por el final al que «los suyos» parecen abocados. Y no sólo éstos. Es muy consciente de que estos días finales de octubre pueden ser también los del final de su vida. De la suya propia; de las vidas de sus tres compañeros, Julio, Fernando y Miguel Ángel. Todos comparten este mismo sentimiento. Se lo imponen las circunstancias. En los encuentros comunitarios han analizado una y mil veces la situación, la han comentado con otros, misioneros y misioneras, han tomado algunas medidas en estas últimas horas porque en el ambiente se masca la proximidad de la tragedia. Han hecho subir al Toyota, precipitadamente, a las once religiosas ruandesas que se habían instalado, huyendo de su país, en la misma colina en que ellos tienen su vivienda. También han forzado la marcha de los dos sacerdotes hutus a quienes habían acogido en su casa. ¡Que huyan cuanto antes! ¡Que se salven! ¡Que intenten, al menos, salvarse!

El hermano Julio se pone al volante. Los conduce a buen recaudo. Por la noche, regresará a la misión. Porque, sí, ellos se quedan.

Ellos se quedan. Uno a uno han optado por quedarse. Por permanecer. Los refugiados —¿quién lo sabe?— podrían tal vez emprender el camino de vuel-

ta. Ya han obrado así en alguna ocasión anterior. La presencia de los cuatro será entonces más necesaria que nunca. No saben qué podrán hacer en esos momentos. Sí que su sola presencia devolverá un tanto de esperanza a los desesperados.

No han dejado ningún testimonio a este respecto, pero los cuatro —Julio, Servando, Miguel Ángel y Fernando— son miembros de la Congregación de los Hermanos Maristas, Instituto religioso en el que se mima la devoción a María, la Madre de Jesús. ¿Se les vino al pensamiento —al corazón— la figura de la Virgen al pie de la Cruz? Allí estaba ella, la madre, sin poder paliar el dolor y la agonía de su hijo; sin poder hacer nada por Él, sin poder acariciarle, en expresión de amor, las mejillas amoratadas por los golpes, sin poder posar la mano sobre la frente atormentada por la corona de espinas... Pero estaba, enhiesta, vertical, erguida, reducida a una mera presencia. *Stabat mater dolorosa...* ¡Dios, qué presencia aquella, qué mera presencia, qué calidad la de esa presencia maternal para el Hijo que grita a su Dios, «¿por qué me has desamparado?»!

Se les viniera o no a la memoria esta impresionante página del Evangelio, la verdad es que ellos, los cuatro hermanos maristas, habían optado por estar, por quedarse, por permanecer, en absoluta soledad. En total desamparo. Por «los suyos», por si volvían «los suyos».

No eran unos héroes. Ni eran unos inconscientes. Tenían miedo en el cuerpo y en el alma. Conocían de sobra los riesgos que comportaba su decisión. Miguel Ángel había escrito, hacía ya un mes y medio, unas frases tremendas en una tarjeta postal: «Sé que mi destino es morir en África. Sé que no soy un héroe; pero siento que tengo que ser consecuente con lo que Dios me pide en estos momentos. Todo es urgente y provisorio, muy provisorio. Sólo Dios sabe qué puede ocurrir; pero sabe y... calla. A nosotros nos toca creer, esperar y amar siempre. Y eso es lo que hacemos, montados en la incertidumbre, casi como a caballo».

Así escribía él, que era —con sus cincuenta y tres años de edad— el mayor de la comunidad marista de Bugobe. El que más y mejor conocía África. Desde 1974 misionaba en el continente africano, en Costa de Marfil. Como profesor, como catequista, como director del colegio Marcelino Champagnat, en Korhogó. Antes, durante casi diez años, había evangelizado en

Argentina. Debió de parecerle que se debía a los más pobres y a los más jóvenes. Pasó, por eso, a África, tierra de la mayor pobreza, continente que revienta de juventud. A mediados del 95 se trasladó a Kivu, voluntario. En busca de mayores urgencias, por descontado, como le pedía su corazón y su compromiso misionero.

Al igual que Servando y que Fernando, también Miguel Ángel había nacido en la provincia de Burgos. En el pueblo de Villalaín. Era recio, de cuerpo, de espíritu. Pero no era un héroe. Le rondaba el miedo. Llevaba aún poco tiempo en el campo de refugiados de Nyamirangwe y ya se daba cuenta de que la tragedia podía desencadenarse de un momento a otro. Había llegado a Bugobe en el mes de junio, algo después de haberlo hecho Servando y ya, en octubre de 1995, el 6 de octubre, tenía que escribir que el trabajo de los hermanos entre los refugiados se desarrollaba «bajo el filo de la espada continua y permanente de la inseguridad de que un día u otro puede ser más trágico aún para todos». Y termina: «¡No sabemos cuál va a ser nuestro futuro!».

De héroe, pues, nada. Ni Miguel Ángel ni ninguno de sus compañeros. Eran unos comprometidos con los más pobres. Eran hombres, como cualquier otro, pero comprometidos con el Evangelio. Aquí estaba la diferencia. Sentían miedo porque eran hombres de carne y hueso, amantes de la vida; pero se habían entregado, desde la fe, al servicio de los más pobres y desventurados. Por eso se quedaban. Los cuatro, a una, habían escrito: «Si nos ordenan regresar, lo haremos; pero si sólo nos lo aconsejan, preferimos quedarnos».

Conscientes de los riesgos, de los peligros, de la posibilidad de una muerte violenta, sí. Les llegará el 31 de octubre. Ese mismo día, por la mañana, a eso de las nueve y media, Servando pudo comunicarse telefónicamente con la Casa general del Instituto, en Roma. Informó a sus superiores que se habían marchado del campo de Nyamirangwe todos los refugiados. Y añadía: «Estamos solos. Esperamos un ataque de un momento a otro. Si esta tarde no volvemos a telefonear, será una mala señal». Dirá también: «La zona está muy agitada. Los refugiados huyen sin saber adónde; y es muy notoria la presencia de infiltrados y de personas violentas».

No estaban ciegos. No se negaban a ver la realidad. No trataban de engañarse a sí mismos; aunque —¡y esto sí que es muy hermoso!— intentaban que sus seres más queridos no se intranquilizaran demasiado por su suerte. Servando había comentado muy espontáneamente que si no volvían a llamar por teléfono a Roma, sería una mala señal... Quiso, de inmediato, quitarle hierro a la frase. Se apresuró a decir: «Lo más probable es que nos quiten la radio y el teléfono». Decía con esto una gran verdad, porque sí que era probable que los hombres de la guerra quisieran hacerse con una radio y un teléfono. O que, por lo menos, ningún testigo de sus desmanes, atropellos y crímenes contara con unos medios técnicos para darlos a conocer a todo el mundo.

Pero no era toda la verdad. El verdadero alcance de ese «será una mala señal» no podía ser otro que la probabilidad de morir asesinados. Pero, ¿para qué alarmar a nadie antes de tiempo si lo que podría ocurrirles ya no tenía remedio humano alguno, tal y como estaba de agria y dura la situación?

A las dos de la tarde de ese mismo 31 de octubre, Roma pudo hablar con Servando y con Julio. La Casa general quería saber por qué se quedaban, qué razones tenían para exponer a cuerpo descubierto —«estamos solos»— sus vidas. Respondió Servando, como superior de la comunidad. Roma quiso conocer además el criterio de Julio. Contaba Julio con una mayor experiencia de África. Con una mayor experiencia del Zaire. Había llegado a ese país por agosto de 1982 y en él había permanecido —entre Kinshasa y Kisangani— desde entonces, salvo unos cortos tiempos en que regresó a España para completar su formación religiosa y académica; y para tomarse un respiro vacacional en sus trabajos.

En el Zaire estaba cuando se ofreció para trabajar en los campos de refugiados del sur de Kivu. Él, mejor que ninguno de sus hermanos, sabía a qué iba a exponerse. Pero, ¿cómo negarle al África de sus amores esta última y arriesgada prueba de su amor? Una hermana de Julio lo dirá muy expresamente cuando se supo ya con toda certeza que había sido alevosamente asesinado. Julio estaba en África «por vocación; porque era lo que quería; por ayudar a los demás».

Amaba, sí, al Zaire y lo conocía con plena lucidez. Había vivido en la capital del país; había hablado con mucha gente del pueblo y de las elites; con muchos sacerdotes nativos, con numerosos misioneros extranjeros. Pero era «el benjamín» del grupo de hermanos maristas. El más joven. Acababa de cumplir sus primeros cuarenta años de vida. Tenía, pues, cuatro años menos que Servando; doce menos que Fernando; trece menos que Miguel Ángel. Tal vez —podían pensar en Roma— amaría la vida más que sus compañeros y estaría menos dispuesto a sacrificarla... inútilmente. En la curia general se olvidaban, parece, de que Julio era natural del pueblo vallisoletano de Piñel de Arriba, lo que es tanto como decir que era un castellano de pro, de una sola pieza, recio, fornido. Se había dejado, en los últimos tiempos, crecer un bigote poblado, casi un mostacho. A lo Groucho Marx, para mayor exactitud en la descripción. Le daba a su rostro un toque de fortaleza, de madura hombría. Puede ser que con su bigote persiguiera hacer olvidar a sus compañeros que era el más joven. Y el que menos tiempo —sólo dos meses— llevaba trabajando en el campo de Nyamirangwe.

Servando y Julio, Julio y Servando, no mantuvieron con sus superiores sino un único y unánime discurso. Se quedaban, se quedaban, se quedaban. No era testarudez. Tenían, a su entender, una muy buena razón para permanecer en su sitio pese a mil pesares. Los refugiados podían retornar en cualquier momento. Los hermanos maristas tenían que estar ahí para acogerles y para encauzar, en lo posible, las aguas de la desbandada.

Había, además, otra razón de tanto o mayor peso. No podían huir, no debían huir, para que nadie pensara que se unían a los milicianos hutus. No aprobaban, en modo alguno, la táctica de éstos. Veían muy claro que los milicianos y los soldados de las Fuerzas Armadas Ruandesas, que habían perdido la guerra del 94, intentaban servirse de los refugiados civiles como de «escudos humanos», para protegerse de los disparos de los *banyamulenge* o tutsis del Zaire, sus enemigos más declarados, sus perseguidores a muerte. Unirse a los refugiados, en estas concretas condiciones, podría parecer a más de uno que los misioneros estaban de acuerdo con la política de las milicias hutus.

Y esto, no; no era verdad. Ellos propiciaban el retorno de los refugiados a Ruanda o, en el caso de los burundeses, a Burundi. Tenía que ser, sin embargo, un retorno voluntario, libre, absolutamente libre y con previas garantías de que, una vez en su patria, no iban a ser ciudadanos de segunda categoría. Peor aún: encarcelados y asesinados. No propiciaban el mantenimiento *sine die,* indefinido, permanente de los campos de refugiados. La vida en tales inhumanas aglomeraciones no era vida digna, vida humana. No tenía futuro alguno. Los campos habían sido proyectados como una solución de emergencia. Para unas pocas semanas. Para unos pocos —en el peor de los casos— meses. Llevaban ya funcionando más de dos años y el deterioro físico y material de los campos era evidente. Como lo era también el deterioro moral, de la vida familiar, de la fidelidad matrimonial, de la moral cívica, de la simple buena vecindad. El deterioro psicológico comenzaba ya a causar estragos. Había gentes que iban perdiendo la cabeza, que se sumían en la depresión más amarga, sin esperanza alguna.

Pero la solución de los problemas no podía venir ni de la violencia de las milicias *interahamwes* ni de lanzar al millón doscientos mil refugiados a un éxodo demencial y suicida. Por eso ellos no podían sumarse a los que huían.

Así hablaron los dos, Servando y Julio, Julio y Servando. Lo tenían muy claro. Y puesto que de claridades hablaban, Benito Arbués, superior general de los hermanos maristas, pudo recordar en esos momentos aquel otro del último mes de mayo en el que Julio le decía también que «lo tenía todo muy claro». El hermano Benito —desde Roma, por teléfono— conversaba con Julio, que formaba parte de la comunidad marista de Goma. Le proponía un traslado, dentro del Zaire, al campo de refugiados de Bugobe. Se lo proponía, no se lo imponía; y, para que Julio decidiera con total libertad, Benito le indicaba la conveniencia de que se lo pensara durante unos días. «Lo tengo muy claro», le cortó Julio. Y continuó: «No me hagas que vuelva a telefonearte para decirte que sí».

Igualito ahora. Julio y Servando, Servando y Julio, lo tenían muy claro. En los últimos días, habían ponderado mucho las dos razones que invocaban ante sus superiores de Roma. Les parecían de peso; de mucho peso, ciertamente. En su opción de quedarse, de permanecer, se jugaban la vida. Con no pequeña probabilidad. Ese «nos hemos quedado solos»; ese «los refugiados están huyendo a la desbandada y llenos de pánico» que Servando puntualiza en la conversación con el Superior general, no son sólo unos datos de la crónica que están viviendo. Son la expresión de que no ignoran los riesgos a los que se exponen. El ideal, sin embargo, vale más que la vida. La suya, la de los cuatro, va a quedar en las manos de los *banyamulengue*. Servando se lo indica a su Superior general: «Tal vez los *banyamulengue* que llegan nos vayan a hacer daño y puedan tomar represalias contra nosotros».

Se equivocaba Servando al concretar la identidad de sus presumibles verdugos; o, si el término es excesivo en esa hora, de sus más que probables contendientes. A los *banyamulengue* no les podían caer en gracia unos misioneros que se habían desvivido en atender, cuidar, promover a los hutus de los campos de refugiados. Huían éstos, despavoridos; llegaban los «tutsis del Zaire», victoriosos, incontenibles, con sed de venganza. ¡Era lógico que hicieran pagar el pato a quienes habían trabajado —¡y tanto!— por los hutus odiados!

Pero Servando se equivocaba. No serían tutsis sus asesinos. Serían hutus. Incomprensiblemente, sin lógica alguna. De hecho, las primeras noticias que fueron llegando del cuádruple asesinato daban como autores de las muertes a los *banyamulengue*. Más adelante, hecha la investigación y a tenor de lo que declaraban los testigos oculares del trágico suceso, se pudo saber que los protagonistas de los crímenes habían sido hutus. Pero, ¿es que hay lugar a discurrir con un mínimo de lógica en el vendaval de una guerra civil sin cuartel?

Apoyarse en una lógica elemental fue el error de Servando. Alguien, por ahí, se ha permitido decir cariñosamente que la falta de experiencia de los cuatro de Bugobe les hizo creer que todos los hutus los querían, que podían contar con su amistad; incluso con su protección. Pero este comentario, que da en la diana, sólo es de recibo una vez que se conocen los hechos. ¡Y es muy triste que se tenga que dar por bueno! Lo puesto en razón era el presentimiento de Servando.

Atribuirlo a una falta de experiencia de África está fuera de lugar. El que habla con Benito es Servando, y Servando es el que tiene el presentimiento de que la enemiga podría venirles de los *banyamulengue* y no de los hutus. Lo han comentado entre ellos; lo han discutido; lo han discernido. En el grupo hay dos, Miguel Ángel y Julio, que tienen en su haber una larga experiencia de los pueblos africanos. El primero, una experiencia de más de veinte años; el segundo, una de casi quince. Miguel Ángel, en Costa de Marfil, lejos del escenario de Kivu, es cierto; pero Julio siempre había trabajado en el Zaire y, cuando se traslada a Bugobe, viene de Goma, no lejos —relativamente, claro está— del teatro de las operaciones mortales.

No es, pues, falta de experiencia de África lo que está en la base del error de Servando. Es haber dado por bueno lo que se le antojaba más lógico. Y algo más. Ellos, los cuatro hermanos maristas, amaban a «los suyos», a «su nueva familia». Razonaron, por ello, desde el amor; como no podía ser de otro modo. Donde hay amor no cabe el temor. Ni la sospecha. Ni el recelo. Ni la desconfianza. Si «amor con amor se paga», «los suyos», tan queridos y amados, los rodearían y abrazarían con su amor. Se daba por descontado; con la sola excepción de Julio, que confiaba más en los *banyamulengue*.

Aquí estuvo el fallo. De Servando. De sus compañeros. Calcularon mal. Tenían pruebas de que eran amados por los hutus de los campos de refugiados para dar y regalar. Pero eran días de guerra. Los *interahamwes* o milicianos hutus eran, sí, hutus, pero tenían su propia estrategia bélica. Y sus propios objetivos. No coincidían éstos con el sentir mayoritario de los refugiados en el campo de Nyamirangwe. Los hutus refugiados soñaban con retornar a la patria. Si no lo hacían, no era por faltarles el deseo y el propósito, sino por estar abrumados de temores sobre lo que podría ocurrirles: la detención, la cárcel, la delación de sus antiguos vecinos, la muerte. Deseaban volver a Ruanda. O a Burundi. Pero querían retornar con unas mínimas garantías de que su vuelta no iba a meterlos en la boca del lobo.

Los *interahamwes* abrigaban otras pretensiones. Tenían otros planes. Y otros sueños. También ellos querían volver a Ruanda, de donde, derrotados en 1994, habían tenido que huir. Ellos y los soldados de las Fuerzas Armadas Ruandesas, colegas de la guerra entonces, colegas ahora en unos mismos objetivos y unas mismas tácticas. Querían volver para liberar a su patria con el estruendo de las armas. Se estaban adiestrando, se estaban armando hasta los dientes, se estaban ganando —por coacción o por propia voluntad— nuevos compañeros de campaña. Tenían en la frondosidad de las selvas sus campos de tiro y de instrucción armada. Se infiltraban entre los refugiados e intentaban comer el coco a los más jóvenes. Cada día estaba más cerca, decían, la hora de salvar a la patria, de devolver a la mayoría del pueblo —el ochenta y cinco por ciento de la población era hutu— el derecho democrático, avalado por las urnas, de alzarse con las riendas del poder. Se lo habían usurpado los de la minoría tutsi; minoría que no iba más allá de un quince por ciento.

La causa de los hutus era una causa justa, una reivindicación indesmayable; irrenunciable, más bien. Podría dialogarse con el poder de Kigali, detentado por la minoría tutsi; pero sin ceder a componendas y trapicheos innobles e injustos. Algunos «vendidos» de la mayoría hutu estaban colaborando con las autoridades de la capital del país. Eran unos «tontos útiles». Sólo servían para que la opinión pública internacional otorgara su tanto de honorabilidad y de respeto a un Gobierno que se sustentaba únicamente en la fuerza de las ametralladoras; que practicaba con inaudita crueldad una política de segregación racial contra los hutus; que amontonaba hasta siete mil presos en unas cárceles que habían sido construidas para cuatrocientos y que en esas inhumanas condiciones tenían encerradas hasta unas ochenta y siete mil personas; un Gobierno que se resistía a una convocatoria a las urnas; que parecía decidido, según se decía, a exterminar a todos los líderes —intelectuales y políticos— de la mayoría hutu... Los «vendidos» eran unos traidores.

La comunidad de los hermanos maristas de Bugobe no sintonizaba —¿habrá que decirlo?— con estos planes. ¡Una nueva guerra! ¡Una nueva venganza! ¡Unos nuevos y aun mayores sufrimientos para la población de los campos de refugiados! Ellos juzgaban que la solución, dificilísima después de lo ocurrido en 1994, tenía que intentarse por la puesta en práctica de los acuerdos de Arusha, inéditos hasta este momento. Se habían lamentado de la decisión impuesta por el Gobierno de Kinshasa, que fijaba el último día del mes de diciembre de 1995 como la fecha definitiva para el retorno de todos los refugiados a sus naciones de origen. Kinshasa imponía un ultimátum inhumano, cruel, inaceptable por injusto. Lo malo del caso era que en los despachos del Alto Comisionado de las Naciones Unidas para los Refugiados se respiraban aires en esta misma dirección. Y que la Cruz Roja Internacional no se situaba muy lejos de estas mismas miras.

No comprendían tanto despropósito. Entendían, sí, que el mantenimiento de los campos de refugiados estaba resultando a las organizaciones internacionales una carga muy pesada, incluso —¿sobre todo?— desde el punto de vista económico. Compartían el criterio de que había que poner fin a lo que había sido concebido y puesto en pie como solución de emergencia. Pero, por encima de las razones económicas y más allá de otros intereses —algunos muy poco confesables, sospechaban— estaban los hombres, su dignidad, sus derechos. A comenzar por el derecho a la vida de casi un millón y medio de refugiados. No se los podía obligar a retornar a Ruanda o a Burundi como ovejas que son llevadas al matadero.

Andaba de por medio, en todas estas reflexiones y cavilaciones, el amor a los más pobres entre los más pobres. Estaba ahí, en sus juicios y puntos de vista, la vivencia de esa fraternidad universal, sin fronteras de raza, lengua, ideología y religión, que conforma un carisma muy propio de la congregación de los hermanos maristas, junto al carisma mariano que se traduce en un desbordamiento de la caridad y en una acogida fiel de la voluntad, siempre amorosa, de Dios. Ellos no podían compartir la frialdad de los altos despachos que, inconscientemente, van perdiendo calidad humana, porque no les salen las cuentas de sus economías y finanzas, o porque, también de modo muy inconsciente, el refugiado no pasa de ser una ficha, un número.

¡A *el Chileno* podían venirle con estas solfas! *El Chileno* tenía un nombre, Fernando; Fernando de la Fuente. Era el tercer burgalés del grupo. Contaba con cincuenta y tres años de edad. Parecía tener algunos más. Por la calva, tal vez. Por lo enjuto de sus facciones. Por su cuerpo. Había dejado su vida en el lejano Chile. La friolera de treinta y dos años en aquel lejano país, dedicado siempre a la tarea educativa desde puestos sencillos o de importante responsabilidad.

Era todavía un novato en Bugobe. Había llegado a trabajar entre los refugiados el 1 de marzo de 1996, luego que Miguel Ángel, más tarde que Servando. Bastante antes que Julio. Era uno de los sesenta y cinco maristas que habían respondido sí a la petición del hermano Benito cuando solicitó voluntarios para el campo de Nyamirangwe. Se le había indicado que no podría estar mucho tiempo en Kivu porque su presencia seguía siendo necesaria en Chile. Había aceptado, sin embargo, con la esperancilla de que, una vez en el Zaire, sería harto difícil que le impusieran pasar «el charco» y volverse a casa, a Chile.

Unos días antes de morir asesinado, el Superior general le telefoneó desde Roma. El 23 de octubre, concretamente. Fernando, por un momento, se temió lo peor. Se temió el naufragio de sus esperancillas. Pero, no. Benito le llamaba para proponerle una prórroga de seis meses en el campo de refugiados. La tensión que se le había ido acumulando por miedo a lo peor se resolvió en una hermosa carcajada de satisfacción. «Estaba deseando que me hicieras esta propuesta», dijo cuando dejó de reír. «No puedes hacerme un regalo mejor.»

Era Fernando, sin duda alguna, un misionero de raza. Se había preparado a fondo, académicamente hablando. Había estudiado en las universidades católicas de Santiago y de Valparaíso, en Chile. Era un escritor culto y brillante. Sobre su producción poética se le habían acumulado premios y distinciones. Él, Fernando, lo refería todo a sus discípulos. Lo hacía todo por ellos. Para servirles mejor. Para serles más útil. Era, también, pintor.

En el campo de refugiados lo pasó mal, muy mal, en los comienzos de su estancia en Bugobe. Le costó mucho adaptarse al nuevo escenario. Él, ¡tan sensible, tan poeta, tan artista!, se defendía a trancas y barrancas con el francés. Se echaba para atrás, se quedaba incomunicado porque era muy consciente de su ignorancia del idioma y él era un perfeccionista en todas sus cosas. Había llegado al campo de refugiados en un momento de gran tensión. Y tenía miedo. Luchaba contra el miedo. No se rendía. Estos inicios le resultaron más que difíciles. Se superó, sin embargo. De ahí su tímida esperancilla de que los superiores le permitiesen prolongar su estancia en Nyamirangwe. De ahí su hermosa carcajada, el deseo vehemente de que se le hiciera la propuesta y que él la considerara como el mejor regalo.

Venció en Fernando el amor al hombre. Por encima de sus limitaciones lingüísticas y por encima de sus miedos.

Este amor a los hombres estaba a flor de piel en los cuatro maristas. Salta a la vista en cientos de detalles cuando uno va repasando las cartas que enviaban a sus compañeros de Instituto religioso o a sus familiares y amigos. Imposible, por eso, que entendieran las estrategias de las milicias hutus o los cálculos de las organizaciones internacionales. Los misioneros pertenecían a otra galaxia, a la del Evangelio; a la que se nutre de la compasión de Cristo cuando, a la vista de las multitudes hambrientas, siente como un golpe rudo en la boca de su estómago —que así lo dice el texto sagrado en su original griego— o cuando las ve dispersas como ovejas sin pastor...

No tenían que echarle mucha imaginación para advertir que la realidad de Nyamirangwe no era otra muy distinta a la evocada en las páginas del Evangelio. Era, sin duda, peor, mucho peor. Y, por eso, capaz de removerles las entrañas y de despertarles una compasión inmensa. Hasta límites extremos. Hasta los de quedarse solos ante el peligro... por si volvían «los suyos».

Miguel Ángel y Servando son los más expresivos a este respecto. A Miguel Ángel se le escapó un día una frase estremecedora. Llevaba poco más de un mes entre los refugiados. Estaba al frente del almacén de comida, de ropa y de material escolar. Le sobrecogía el ánimo la necesidad que veía por todas partes. Una necesidad, dice, «machacona». Una necesidad con «mil rostros, generalmente de ancianos, de mujeres, de niños sobre todo. ¡Demasiada, excesivamente demasiada necesidad para no sentirse turbado...!». Así lo dice. Y, tras esta evocación de las urgencias de tantos miles de refugiados, la exclamación, incontenible, dolorida, punzante, que deja al descubierto la compasión de Miguel Ángel. «A veces siento un estremecimiento vergonzoso de ser hombre.» Le duele en lo más hondo de su alma la humillación y el desamparo de tantos miles de refugiados. Le duele que otros hombres puedan consentir la degradación inhumana de tantos miles de personas. Y se avergüenza de ser hombre.

En las comunicaciones de Servando, la expresión de su compasión discurre por otras vías. Hay en sus cartas una referencia constante a que se siente un «privilegiado» en medio de tanta miseria. Es un privilegio la casa en la que vive la comunidad de los hermanos maristas y un privilegio la comida que pueden llevar a la mesa. Se lo comenta a su madre, la señora Otilia, para que no esté inquieta por la suerte de su hijo. Se lo dice a sus hermanos y a sus amigos. Se lo hace saber a sus compañeros de congregación de la

Bética y a sus superiores. Añadirá, incluso, el pequeño detalle de que no ha perdido ni un gramo de peso; y el gran detalle de que se siente feliz. Pero interpretará tanta bonanza en clave de privilegio porque «su nueva familia» no tiene ni puede tener lo que él posee y disfruta.

Describirá la casa de la comunidad como sencilla y modesta. Con el detalle, incluso, de que las ventanas no tienen cristales sino sólo plásticos que dejan pasar algo de luz. En contraste, describirá las tiendas de los refugiados, rotas por todas partes con el paso del tiempo, sucias, abiertas a las lluvias y a los vientos, auténticos hornos en los días de sol, frías en las noches frías. Él, ¡un privilegiado!

También se siente privilegiado por la comida que no les falta, mientras que los refugiados han de vivir con unas dietas a todas luces insuficientes. Miguel Ángel —por la comprensible deformación profesional de estar al frente de los almacenes de víveres— concreta la dieta bastante más que Servando. «Casi somos vegetarianos», dice. La comida consiste, según los días, en «bananas, alubias, repollo, arroz, patatas y pastas».

¡Todo un privilegio! Será también Miguel Ángel quien lo comente en la última tarjeta que ha dejado escrita. «Este mundo —dice, hablando de la sociedad española— no es el mío. Hay demasiada abundancia y allí —en África— demasiada necesidad. Pero el hombre allí, en África, es más hombre.»

Si no se apela a esta extremada sensibilidad para con el hombre, no se puede entender nada de la opción que Servando y Julio están afirmando y reafirmando en su conversación con la Casa general de la congregación en Roma, la mañana del 31 de octubre. Las razones que invocan son, ciertamente, válidas. Merecen, por eso, la comprensión del Superior general. Pero las razones no lo explican todo. La clave definitiva está en esta pasión de amor por «los suyos». El hermano Servando se lo había explicado suavemente a su madre, la señora Otilia, durante las cortas vacaciones que en agosto de 1996 había pasado en su pueblo natal. La señora Otilia se quedaba con el consuelo de ver a su hijo contento y alegre porque se volvía al Zaire. Le hizo, sin embargo, una pregunta inquietante: «Pero, hijo, ¿tú crees que vas a poder arreglar aquello?». Y Servando, cuenta la madre, le respondió: «Madre, si es que cuando los refugiados ven a los misioneros es como si vieran a Dios. Y si nosotros no los ayudamos, nadie lo va a hacer».

Y el comentario final de la señora Otilia: «África era su vida».

África ha sido su muerte. La de Servando Mayor. La de Miguel Ángel Isla. La de Fernando de la Fuente. La de Julio Rodríguez. Fue el 31 de octubre de 1996.

CAPÍTULO DOS

«¡DIOS mío! ¡Dios mío! Vamos a morir. Ten misericordia de nosotros.»

Esto oyó un campesino que estaba próximo a la vivienda de los hermanos maristas. Alguno de los cuatro misioneros lo había dicho, lo había gritado. Fue el suyo, sin duda, un grito desgarrador a la par que una encendida y apasionada plegaria.

El campesino oyó el grito, escuchó la plegaria. Es fácil que no entendiera ni una sola palabra porque el hermano, cualquiera que fuere, se habría expresado en el recio castellano de Burgos o de Valladolid. ¡Poco importa si fueron éstas u otras parecidas las expresiones de los que iban a morir instantes después! Por el tono desgarrado e implorante del grito, el campesino entendió que decían: «¡Dios mío! ¡Dios mío! Vamos a morir. Ten misericordia de nosotros».

A muchos kilómetros de distancia, en Hornillos del Camino, el corazón de una madre había presentido ya, con varias horas de antelación, la tragedia inminente. Servando, el más pequeño de sus diez hijos, acababa de llamarla por teléfono desde el lejano Bugobe. Serían las tres o las cuatro de la tarde. En todo caso, al poco de haber informado Servando al superior general, Benito Arbués, que los cuatro misioneros del campo de refugiados de Nyamirangwe habían optado por quedarse en sus puestos.

Servando llamaba a su madre para tranquilizarla. Pero no podía ocultarle la decisión que habían tomado los hermanos, y él con ellos, y que Benito tuvo que dar por buena. Servando le decía a su madre, la señora Otilia, que a ellos, los misioneros, por ser extranjeros, no les pasaría nada malo. Que estuviera tranquila, que ellos trataban de estarlo. «Tranquila, madre, tranquila.»

El corazón de la señora Otilia comprendió muy pronto que la suerte de su hijo estaba echada. Algo había en la voz de Servando, pese a sus deseos por mostrarse sereno y confiado. Era un algo que olía cercana la muerte. Cuando colgó el auricular, Otilia se volvió a su otro hijo, Evelio, y le dijo estas escuetas palabras, no podía articular ninguna más: «No volveremos a ver a tu hermano con vida».

Cuatro horas o cuatro horas y media después, este presentimiento materno era una trágica realidad. Trágica, sí; paradójica y hasta un tanto irónica, además. Morirían, asesinados alevosamente, cuatro hombres que amaban la vida. Que tanto la amaban, tan apasionadamente, tan comprometidamente, que por proteger y aumentar la vida de «los suyos» —la de «su nueva familia», la de los venticinco mil o ventisiete mil refugiados del campo de Nyamirangwe—, estaban perdiendo la suya propia a tiras, todos los días, mañana y tarde. Tanto que estaban dispuestos a morir si con su muerte podían salvar la vida de otros muchos.

Estar dispuestos a morir para producir vida a su alrededor —como eso tan evangélico del grano que muere en el surco para que brote la abundante cosecha— no quiere significar, en modo alguno, que los cuatro hermanos maristas desearan morir. Ya no se estila, por ventura, eso tan medieval e, incluso, tan decimonónico del misionero que se va a lejanas tierras para morir mártir por Cristo. Este antiguo propósito de cientos y hasta de miles de misioneros de otras épocas se apoyaba en unos presupuestos ascéticos, incluso con matices místicos, que, en la actualidad, han sido ampliamente revisados. Padecer y sufrir con el Cristo que sufre y que padece, morir con el Cristo que es asesinado y muere en la Cruz, ha alcanzado en nuestro tiempo una lectura más profunda y radical. No se trata ya de reproducir miméticamente los dolores y la muerte de Cristo. Se busca inspirarse en su fidelidad, en su honrada e insobornable fidelidad; en la fidelidad de un Jesús de Nazaret que, por cumplir la misión que el Padre Dios le ha confiado al servicio de la vida de los hombres, está dispuesto a perder la suya.

Servando, Miguel Ángel, Julio y Fernando estaban dispuestos a morir, si fuese necesario, por el bien de los refugiados; pero no es que quisieran morir. No eran héroes ni buscaban que se les considerara como tales. ¡Cuántas veces, en su correspondencia, protestan amablemente ante sus interlocutores cuando éstos, numerosos, conocedores de sus fatigas y trabajos entre los refugiados, les muestran su admiración calificándolos de héroes! Protestan. Se revuelven contra tanto entusiasmo de sus amigos. Sus vidas, dicen, son de lo más normal. Éste es el adjetivo que utilizan de continuo. «Vistas las cosas desde aquí —escribirá Servando desde África— nuestra vida es normal, como la de cualquier otro.»

La disposición de ser fieles hasta la muerte, sí. Éste es ya otro cantar. Radicalmente evangélico. Del Evangelio, en efecto, nutrían sus espíritus, sus corazones, sus inteligencias, sus vidas. Por eso extremaban su solidaridad con los refugiados y estaban dispuestos a mantenerse en sus puestos aunque en ello se jugasen la vida. El hermano Julio Rodríguez, a quien algunos de sus familiares o amigos le instaban a que no siguiera exponiendo su vida en Bugobe, solía comentar: «Pensad si seríais capaces de abandonar a vuestros hijos. Pues igual me ocurre a mí: yo no puedo abandonar a los míos».

Estos amores, aunque tan intensos, eran tempranos. Estaban, como quien dice, en sus días iniciales. La presencia de los misioneros maristas en Bugobe se remontaba tan sólo a septiembre de 1994. El campo había sido creado por el Alto Comisionado de la ONU el 23 de agosto de 1994, y la actividad de los maristas ruandeses en el campo de refugiados de Nyamirangwe arrancó al mes siguiente.

Estos hermanos maristas ruandeses, hutus, habían tenido que huir de su país. A una con un millón largo, millón y medio probablemente, de otros conciudadanos, hutus como ellos. Los maristas tutsis habían podido quedarse en el interior de Ruanda.

Este solo dato es, por sí mismo, mucho más que significativo de la abismal y cainítica división que se ha impuesto en Ruanda. Y en Burundi. Los maristas hutus y tutsis se llevaban bien. La fraternidad cristiana y religiosa remontaba sobre la diferencia étnica. Como tiene que ser. Pero lo que de puertas adentro era armonía y pasiones raciales apaciguadas, no se daba en la calle. El poder había pasado de manos de los hutus a manos de los tutsis. Y la sed de venganza se había desatado sin frenos de ninguna clase. Muchos tutsis, orgullosos de su victoria, se erigían ahora en verdugos de horca y cuchillo contra los hutus. La sangre de un impresionante genocidio, que se había llevado por delante la vida de unos quinientos mil asesinados, estaba ahí, aún fresca. También los tutsis habían matado a centenares y miles de hutus; pero, como siempre ocurre, en la hora de la victoria sólo se tiene en cuenta la responsabilidad de los vencidos. Siempre ha sido así, por desgracia, en todos los pueblos a lo largo de la historia. La victoria exculpa de todo atropello; la derrota, por el contrario, pone todas las responsabilidades sobre las espaldas y las conciencias de los vencidos; y convierte a éstos en presuntos criminales. Todos los hermanos hutus de Ruanda, por esta elemental y terrible lógica, tuvieron que abandonar su propio país, aunque ninguno de ellos tuviera las manos manchadas ni con una sola gota de sangre. Unos cuantos pasaron a otros países africanos. Seis acompañaron a sus compatriotas a los campos del Zaire.

Ya eran refugiados, como tantos de sus conciudadanos; pero seguían siendo maristas. Y, ni cortos ni perezosos, propusieron al Superior general crear una comunidad al servicio de los refugiados en Nyamirangwe. «Yo me sentí desconcertado —confesó luego el hermano Benito Arbués, recordando aquellos días—, porque la experiencia del Instituto en este terreno no es demasiado fuerte.» Pero añadió a continuación: «Hoy he perdido el miedo a este tipo de obras y me siento feliz y orgulloso de lo que se ha realizado hasta el momento».

No es para menos, ciertamente. Los hermanos maristas del campo de Nyamirangwe han trabajado duro y bien. Con un derroche de amor y con una inteligencia lúcida. Su trabajo, como es natural, se ha centrado en la educación porque éste es el terreno en que los hermanos maristas desarrollan su actividad en los setenta y cinco países en que realizan su apostolado. Educar a los niños y jóvenes constituye el cometido propio del Instituto. Su «carisma», dicen los hermanos.

En estos primeros comienzos, como es natural, los hermanos ruandeses han de limitarse a echar una mano a los programas de educación y de deportes que se van organizando entre los refugiados. Atienden igualmente a diversas iniciativas apostólicas y comienzan a encargarse de algunos grupos de catequesis. Todo les parece poco, porque no cuentan con medio alguno. O con muy escasos medios. Falta material escolar; faltan cuadernos y faltan lapiceros. Estas carencias son, con todo, lo de menos; y, mal que bien, se van subsanando con las ayudas que están recibiendo de otras comunidades maristas no lejanas, como la de Nyangezi, o la de Goma, las dos en Zaire.

Lo verdaderamente grave es las preguntas que se agazapan en el corazón de los muchachos. ¿Para qué aprender las pesadas materias escolares? ¿Qué perspectivas de mejorar algo su suerte va a procurarles la educación? ¿Qué futuro les espera? Meses más adelante, a mediados del 95, más o menos, el hermano Miguel Ángel, que se ha sumado en septiembre a la comunidad, reconocerá, agradecido y contento, que «el trabajo realizado por los hermanos en menos de un año es inmenso y loable»; pero puntualizará a continuación que lo es mucho más «si se tienen presentes las condiciones materiales y psicológicas adversas» en las que han tenido que desarrollar su labor.

Para hacerse alguna idea de las condiciones materiales de que «disfrutan» los refugiados, basta con darse una vuelta por el campo. Si lo permiten, lógicamente, los zapatos, o las botas, que uno lleva puestos y que se van a hundir, en un barro negro, sucio, resbaladizo, maloliente; porque la estación de las lluvias, que comenzó en mayo, va a durar aún hasta septiembre; con todo su cortejo de tormentas inesperadas, de chubascos breves, de granizadas implacables, de rayos y truenos y, también, ¡cómo no!, de unos bellísimos arco iris, maravilla de maravillas en este escenario de verdor, colinas y algunas montañas. «¡Esto es el edén, el paraíso!», solía comentar Fernando. Y decía bien.

También habrá que obtener el permiso del administrador del campo. Es un funcionario zaireño, lo que equivale a decir que no pondrá demasiadas trabas a los visitantes si éstos, en un momento dado, con discreción y elegancia, le obsequian con algunos dólares americanos; y le sonríen en justa correspondencia a la sonrisa satisfecha con la que él estará diciendo gracias.

No es ésta una rareza del administrador. Es la norma general de todos los funcionarios del Zaire. El país está desarbolado, como un inmenso navío sin rumbo alguno. Y el personal de las más varias Administraciones públicas no recibe su salario desde hace meses; quizá desde hace ya algunos años. Por eso la «mordida», que dicen los mejicanos, abre todas las puertas y soluciona todas las papeletas en cualquier ventanilla.

Es fácil que el visitante tenga que hacer sus mercedes también a los soldados zaireños apostados en los campos para cuidar que todo en ellos discurra como la seda. Los soldados no cobran su soldada y se desquitan robando y saqueando lo que pueden o exigiendo del visitante una «propina».

La visita al campo ha de comenzar por el mercado o centro comercial. Está situado en la zona baja del recinto, entre dos colinas, en una especie de valle suficientemente ancho como para que el visitante pueda imaginarse que está en la avenida principal de un poblado. Por el valle discurre un estero. Arrastra, como no podía ser menos, un agua sucia, barrosa. Los refugiados se lavan en este riachuelo, cuando lo hacen; y friegan en él sus cazuelas y sartenes.

A las orillas de este arroyo han levantado los mercaderes sus puestos de venta. Son unos mostradores primitivos, hechos con unos palos grasosos por la mugre que han ido acumulando con el paso de los días. Este mostrador está especializado en frutas: mangos, plátanos, papayas, maracuyás, fresas que en el obligado transporte han quedado aplastadas y forman ahora una masa rubra; ése otro ofrece verduras y legumbres: mandioca, papas, porotos y, sobre todo, cebollas y ajos, obligados en cualquier mesa que se precie; el de más allá, más confuso y variado, brilla con su quincallería, sus pastillas de jabón o sus perfumes de marcas nunca publicitadas... Las gentes se arremolinan ante los mostradores, merodean de puesto en puesto, discuten los precios por discutir, sin propósito alguno de comprar. ¡Hay que matar el tiempo como sea! Los más dinámicos adquieren algunos productos y, acto seguido, pasan de compradores a vendedores porque así se les hacen más cortas las horas.

En esta zona baja, al pie de la colina, hay dos grandes carpas de lona. Una es la iglesia católica; la otra, el templo protestante. Vale la pena participar en una eucaristía dominical, si es que el visitante no tiene demasiada prisa. La misa se prolongará, como poco, durante dos horas y media, salvo que el celebrante sea un cura carismático que la alargará hasta seis, como ya ha ocurrido alguna vez. El pueblo, apiñado, canta y danza. Entona unos salmos que son gemidos, llanto, nostalgia, esperanza y confianza en la liberación. Son un masivo suspiro que añora la patria de la que tuvieron que salir y a la que desean volver «con dignidad y seguridad», como dicen.

La visita a todo el poblado obligará a ascender de 1 700 a 2 000 metros de altitud, si se alcanza la cima de la colina. La temperatura, durante el día, es agradable, entre los 20 y los 24 grados. Por las noches refresca y el termómetro desciende a ocho o a menos, como en esta estación de las lluvias que, a las veces, azota con un frío intenso para lo que se acostumbra por estas zonas de los Grandes Lagos. Puede ser que no haga tanto frío como comentan los refugiados y que el padecerlo se deba a la fragilidad de sus viviendas, mejor dicho, a lo que va quedando de ellas. En su día fueron unas tiendas de campaña de plástico azul con alguna franja blanca. Al presente, muchas de estas tiendas, de cuatro metros cuadrados cada una, están hechas jirones y sus moradores han tenido que repararlas con tablas, otros plásticos, palos y cañas. Los más diligentes han levantado algunas paredes de barro y cañas.

El campo se inauguró con veinte mil refugiados. Su población ha ido creciendo con el paso del tiempo. Ha podido llegar hasta veintisiete mil, aunque las estadísticas sigan dando por buena la cifra de veinticinco mil. Es un campo de los más pequeños de toda esta región que se asoma a las aguas del lago Kivu, una verdadera belleza, encanto —ayer— de los turistas. Hay otros campos, no lejos de aquí, con hasta cien mil refugiados. ¡Más de uno!

Por las laderas de la colina se extienden las tiendas de campaña. Albergan —siempre según datos más o menos oficiales— a cinco mil cuatrocientas familias, aunque es bueno recordar que el concepto de familia en África es bastante más amplio que en Europa. Las viviendas están agrupadas en ocho grandes barrios. Cada uno ostenta, orgulloso, una denominación: Libertad, Humanidad, Esperanza...

En los espacios que median entre barrio y barrio se encuentran las letrinas, simples pozos negros que están causando ya más de un quebradero de cabeza, con el agravante, dicen los responsables del campo, de que no hay sitio para perforar otros nuevos... Hacia el otro lado de la colina hay un campo de fútbol y otros terrenos para el esparcimiento competitivo; ya que cada barrio tiene su propia formación futbolística. O más de una.

Porque la población infantil se sigue multiplicando. Casi todas las mujeres están embarazadas y los niños de hasta cinco años forman legión. Se cuentan por miles. La poligamia, entre los no cristianos, está a la orden del día; y entre cristianos y no cristianos se ha impuesto una promiscuidad sexual degradante. Las condiciones del campo la propician fatalmente. Es fuente de mil vicios y de mil enfermedades. El sida, naturalmente, entre ellas y, quizá, en primer lugar. La Cruz Roja Internacional, a la que el Alto Comisionado ha confiado la atención médica y sanitaria del campo, tiene de qué ocuparse. Sus funcionarios, contratados a sueldo los más de ellos, cumplen con su deber; pero, satisfechas sus horas de trabajo, abandonan el campo y pasan a vivir a la vecina ciudad de Bukavu, a unos treinta o treinta y cinco kilómetros.

Esta ciudad merece una visita. Por dos motivos. Porque es una ciudad de medio millón de habitantes, contando los que a ella se han desplazado, una cifra que no es habitual por estas partes; y porque está situada, de cara al lago, en un paraje hermosísimo. Por lo demás, ni semáforos, ni quioscos de prensa y revistas, ni asfaltos ni aceras, ni ley ni orden de ningún tipo. Ningún servicio público funciona como Dios manda, aunque para todo se encuentra una solución —en el aeropuerto, en los correos...— si el visitante cuenta con algún enchufe o con algunos dólares. La picaresca se ha adueñado de la ciudad; y Fernando, tan leído él, afirma resueltamente que el Lazarillo de Tormes, el Buscón o Rinconete y Cortadillo eran unos simples aprendices si se los compara con los buscavidas de esta ciudad zaireña. ¡Hay que sobrevivir, como sea!

Entre los refugiados del campo, los pícaros son doctores. La necesidad, suele decirse, aguza el ingenio. Las mentiras y los engaños sirven para lograr una ración más de comida o llevarle a la familia un segundo par de pantalones. Se acude a todo género de artimañas para hacerse con un trabajito pagado, aunque el sueldo sea de miseria. Y, si no hay otra salida, se acude al robo. A los hermanos maristas les robarán una noche dos máquinas de escribir y, lo que es peor, el generador que les proporciona unas horas de elec-

tricidad. La policía consiguió recuperar el generador, las máquinas de escribir, no. En alguna ocasión llegaron a robarles en el almacén de víveres y de ropa. Tuvieron que hacer, para ello, un túnel bajo tierra.

Fernando, entre serio y comprensivo, habla de una «ética muy particular», a mil codos de distancia de la que se usa en otros pagos. Vale la pena reproducir aquí y a este propósito un comentario de Servando. Lo de menos son los robos; el problema es el clima de inseguridad y hasta de amenazas en que se ven envueltos los misioneros. «Lo grave del asunto —dice a propósito de los robos— es que tenemos cinco militares armados y un vigilante nocturno que están a cinco metros de donde se cometen los robos y no son capaces de garantizar la seguridad. ¡A mí me llevan los demonios! Les digo: 'pero, ¿qué seguridad nos proporcionáis?' Si los amenazas con acusarlos a sus superiores, te dicen: '¡No te olvides de que nosotros tenemos armas!' Así que esperamos la próxima operación.»

Lo ha comentado muchas veces con los otros hermanos y hasta han conseguido traer a mandamiento a Servando, «al que lo llevan los demonios». Será éste, Servando, precisamente, quien dirá: «Algunos nos dicen que los refugiados emplean una palabra en kinyaruanda que quiere decir: 'Para un refugiado todos los medios son lícitos y buenos para sobrevivir'. Así que, cada vez que encontramos cómo te la han armado la última vez, siempre concluimos, ¡y qué van a hacer! ¿Qué harías tú en su situación? Y todos concluimos: 'Lo mismo que hacen ellos'. Yo a veces les digo: 'Yo creo que en sus condiciones ya estaría muerto'».

«A medida que pasa el tiempo vas comprendiendo que esto es lo normal y tienes que aceptarlo; y comprender que no son malos, sino que malviven en malísimas condiciones que les fuerzan a ello. Así que, la moral aquí cobra un cariz muy particular.

Lo cierto es que esto no nos desanima, porque vemos que si los hermanos nos vamos del campo, esta gente se quedaría absolutamente desamparada. Y no sería justo.»

Esta improvisada crónica de sucesos se cierra con un comentario espontáneo, ágil, alegre, que disipa el mal humor de Servando y le devuelve la sonrisa: «Así que, aunque me llevo un montón de berrinches cada día, al final del día siempre estoy contento y duermo como un lirón, sin ningún miedo a lo que me pueda pasar».

«Al final nos decimos: lo que nosotros pasamos, comparado con la angustia y miseria que viven los refugiados, es un lujo. No podemos desanimarnos ni tener miedo.» Miguel Ángel Isla dice con frecuencia: «Si un día vienen por nosotros, por lo menos iremos al cielo, ¿no crees? Pero esto es en bromas. Y, realmente, no tenemos miedo. Aunque lo cierto es que la situación cada vez es más complicada y difícil. No sabemos cómo puede terminar esto ni cuándo; pero cualquier desenlace es posible».

A Servando le vuelve la sonrisa...

Al visitante del campo de refugiados que no acaba de explicarse la existencia de un mercado en el recinto, o que no entiende para qué sirve un robo de objetos que no son de uso estrictamente personal, habrá que decirle que a los acogidos en el refugio se les autoriza a salir de éste para trabajar en las tierras vecinas. Lo hacen muchas mujeres, las más, cargadas con su pequeño a la espalda, porque el darle a la azada es cosa de mujeres. El hombre no trabaja la tierra, de acuerdo con una norma tradicional que sí le encomienda, en compensación, el cuidado de los rebaños y las cabras. Esta ocupación de los hombres no tiene opción aquí, fuera de la patria, en casa ajena. La agrícola, por el contrario, puede convocar a muchas mujeres porque las tierras son fértiles. Si se atendieran debidamente, podrían producir hasta tres cosechas al año. Lo malo es que los aperos son muy primitivos y que no se conocen las bestias de carga para el acarreo de las cosechas. Éstas son transportadas por las

mujeres sobre sus cabezas. Algunas lo hacen sobre su espalda. Y hasta ya va habiendo hombres que les echan una mano en estas graves fatigas. Fernando, que es un buen observador y que todos los días anota en su diario las incidencias de la jornada, reproduce en una de sus páginas la pregunta —¡terrible!— que una pobre mujer, cargada con un haz de leña, le formulaba a su compañera que transportaba otro aún mayor: «Pero, ¿es que Dios sabrá cómo estamos aquí y ahora?».

Están aquí y así, en un ambiente deshumanizado, hiriente, humillante de toda dignidad, no porque Dios lo quiera o porque le parezca bien la contratación como temporeras de estas mujeres que trabajan de sol a sol por unos miserables salarios, sino porque el egoísmo de los hombres no le hace ascos a la explotación de los más débiles; y porque las grandes potencias de este mundo hacen, por sus intereses económicos y geopolíticos, oídos sordos al clamor multitudinario de los pobres.

Éstas son, entre otras más, «las adversas condiciones materiales» a las que aludirá Miguel Ángel a la hora de elogiar, justamente, el trabajo que, pese a tanta adversidad, han venido realizando los hermanos maristas ruandeses —hutus, conviene tenerlo en cuenta por lo que vendrá después— desde los comienzos mismos del campo de Nyamirangwe, allá por los finales de agosto del 94, y hasta estos mediados del mismo mes del 95. Un año. No más de un año. Su presencia física en Bugobe y en Nyamirangwe se prolongará hasta el mes de diciembre; pero ya no será lo mismo y ya no serán ellos tan emprendedores y animosos como habían sido. ¡Y menos mal que en estos últimos meses del año pudieron contar con la compañía y el apoyo de Servando, primero, luego y además con la de Miguel Ángel!

Hay una fecha, la del 22 de agosto, que revolucionará radicalmente toda la situación. En el campo de los refugiados. En la comunidad marista de Bugobe. Hay que escribir con sangre esta fecha en la atormentada historia de Nyamirangwe. Se informa oficialmente en este día que las autoridades del Zaire han ordenado la repatriación a Ruanda de los refugiados y, en consecuencia, el vaciamiento y destrucción de los campos de acogida. El hermano Fernando, que siempre está a por todas, anotará en su diario, pero ya un 2 de marzo de 1996, a sólo una semana de haber llegado él a la comunidad de Bugobe, que *Nyami-*

rangwe significa «tierra de panteras». ¡Qué nombre más bien puesto para esta espeluznante ocasión!

Es cierto que ya, y desde hace tiempo, las panteras no merodean por esta región ni se abalanzan, fieras y furtivas, sobre las espaldas descuidadas de los campesinos. Pero, ay, no faltan otros zarpazos, tan crueles y fieros —si no más— como los que solían asestar los leopardos. Los zarpazos, hoy, van a venir, si Dios no lo remedia, por parte de los soldados zaireños y de las autoridades de Kinshasa; con la colaboración, inconfesada pero real, del Alto Comisionado de las Naciones Unidas para los Refugiados y hasta con la conspiración silente de la Cruz Roja Internacional. Las órdenes son órdenes. El que manda, manda. Pero, ¡qué zarpazo éste de obligar a los refugiados a entrar en una tierra de la que habían tenido que huir, en un impresionante éxodo, para salvar la vida!

Hay, además, otros zarpazos. No lejos...

En efecto, no lejos de Nyamirangwe, confundido entre otros varios, hay un campo en el que se concentran los derrotados milicianos ruandeses *interahamwes* y otro más que sirve de guarida para un denominado «Gobierno ruandés en el exilio». Esta vecindad es a todas luces muy peligrosa. Será muy pronto un factor de desestabilización de todos los campos de refugiados que miran hacia el lago Kivu y hacia la tierra soñada de Ruanda, en la orilla de enfrente. De aquí saldrá la guerra en el 96; o, si esto parece exagerado —y lo es—, aquí tendrá la confrontación bélica uno de sus más duros escenarios, lo que es harto comprensible. Para los refugiados civiles, estos vecinos militares y políticos representan alguna esperanza, aunque no excesiva. Pero, al mismo tiempo o incluso antes, encarnan un abultado riesgo. Cualquier día, el menos pensado, los milicianos podrían ocupar el vacío dejado por las panteras y liarse a zarpazo limpio; más aún si —como ocurrirá— se encuentran acorralados por unos fieros cazadores que las gentes denominan *banyamulengue*.

Junto a las adversas condiciones materiales están las adversas condiciones psicológicas, por seguir la expresión del hermano Miguel Ángel. Si las primeras hacen que «la dignidad humana se encuentre despreciada, masificada y pisoteada por doquier», como llegará a censurar el hermano Fernando, más adelante, menos de un mes antes de su muerte; las segundas —las adversas condiciones psicológicas— actúan como un ácido corrosivo, como un implacable cáncer que va destruyendo y erosionando la moral de los refugiados, sumiéndola en una aguda depresión.

Los hermanos maristas ruandeses ponen al mal tiempo buena cara. Trabajan entre sus compañeros refugiados, están presentes en todos los comités que se van organizando en el campo, forman parte de todas las comisiones, se desviven por atraer a los niños, a los adolescentes y a los jóvenes a las clases que se van montando... al aire libre, como ya está dicho. A tres kilómetros del campo, el hermano Bosco culmina con éxito la construcción de una modesta casa para la comunidad; ésa que Servando, muy en su estilo, calificará de «palacio» al compararla con las chozas de barro y paja en que viven los campesinos zaireños de Bugobe y, por descontado, con las tiendas de plásticos de los refugiados.

La vivienda de la comunidad marista no cuenta —ocioso es decirlo— con agua corriente. Hay que recoger la que cae del cielo. El agua servirá para cocer la comida y para apagar la sed. Antes, por elemental seguridad higiénica, habrá que hervirla y filtrarla. Sirve también para darse un baño de cuando en cuando y para lavarse todas las mañanas. Una tina hace las veces de bañera. Con la ayuda de un cazo —igual que en las películas del Oeste— se deja caer el agua por el cuerpo. «Como hacen los refugiados», se comenta en la comunidad. Con no pequeña satisfacción porque de este modo se identifican más y más con los pobres. El hermano Servando, cuando se incorpore a la comunidad, encontrará en esta identificación un paliativo a sus escrúpulos interiores, a su sentimiento de ser un privilegiado entre los miserables que lo rodean.

La construcción de la casa era algo más que una necesidad elemental. Era, ante todo, un símbolo. Los hermanos maristas conforman una congregación religiosa laical. En cuanto religiosos, todos sus miembros hacen profesión de los votos de obediencia, pobreza y castidad. No son, sin embargo, sacerdotes. Pero el acento no debe recaer sobre esta «carencia». El hermano no debe definirse como un no-sacerdote. Es un laico que ha respondido libremente a un carisma, a un don de Dios. La aceptación de este don se traduce en una donación del hermano a Dios y en una entera disponibilidad a la misión evangelizadora de la Iglesia según la fisonomía propia del Instituto. En el caso de los maristas, la educación de la juventud, particularmente —aunque no exclusivamente— por medio de la enseñanza.

Para el hermano marista es fundamental la vivencia de la comunidad, la vida comunitaria como expresión de la comunión fraterna. El hermano se reúne con los de su comunidad en torno a la Palabra de Dios y en la participación en la Eucaristía. Comunitariamente asumen un cometido, una misión, para concurrir a la transformación del mundo. Siguen o prolongan la misión de Jesús de Nazaret; misión de evangelización de los pobres, misión de liberalización de los hombres.

Contar con una casa, por modesta que fuera, era para los hermanos de Bugobe una necesidad, no sólo material, sino simbólica, espiritual, apóstolica. La casa sería el símbolo de conformar una comunidad fraterna, el ámbito para el diálogo fraterno, el espacio donde compartir el Pan de la Eucaristía y el Pan de la Palabra de Dios. Tenían ante sí mucho trabajo en favor de los refugiados; ninguno, sin embargo, les parecía más urgente y radical que el manifestarse a todos como un testimonio lúcido y vivo de fraternidad. La pobreza los identificaba con los pobres o, por lo menos, los acercaba a ellos. El celibato consagrado les procuraba un corazón abierto a todos y unas manos libres para acoger y compartir. Por la obediencia se sentían impulsados a trabajar de común acuerdo en beneficio de los refugiados... Pero todo esto, aún siendo muy importante, tenía que completarse con un signo fuerte de fraternidad: la casa común.

Una nota, escrita por el hermano Miguel Sanz de puño y letra, da cuenta de lo que era una jornada en la vida de la comunidad de Bugobe. Los hermanos se levantaban a eso de las cinco y media o, estirando mucho el sueño, a eso de las seis menos cuarto. A las seis y media todos estaban listos para la plegaria en común y la meditación personal. Terminaban este primer acto comunitario con la recepción de la Eucaristía. No tenían misa los días de labor. Los domingos participaban activamente en la que un sacerdote ruandés celebraba en el campo de refugiados. Luego, más o menos desde mitad de febrero del 96, un sacerdote ruandés pasó a convivir con la comunidad de los hermanos maristas. Desde esa fecha pudieron reunirse todos en torno al altar y celebrar a diario la Eucaristía del Señor. ¡Una inmensa alegría!

El desayuno, a las siete y media, consistía —como en cualquier casa— en café, un poco de queso de la zona, pan y confitura que elaboraba el hermano Miguel Ángel con frutas de la región. A las ocho comenzaban las clases. El hermano Sanz recordará en su nota que algunos alumnos, procedentes de otros campos, habían tenido que recorrer de diez a quince kilómetros y, naturalmente, otros tantos a la tarde para retornar a sus puntos de origen. A las ocho era la hora de comenzar el trabajo: clases, transporte de alimentos, visita al campo, dirección del almacén y distribución de víveres.

La comida a las doce y cuarto. «Comida ordinaria —anota el hermano Sanz— pero buena y muy bien cocinada por un refugiado que conocía muy bien su cometido y que sabía a las mil maravillas habérselas con la cocina de carbón.»

Después de la comida, trabajo con los alumnos de «la profesional»: las chicas que acudían a las clases de formación y de trabajos más o menos artesanos, sobre todo de textil.

Una hora de oración comunitaria y personal de las seis a las siete. A las siete, la cena. Miguel Sanz puntualiza: «Todos los días, desde las 18.00 horas hasta las 21.00, poníamos en marcha el motor que nos procuraba electricidad. Nos permitía rezar en común, cenar y mantener una reunión de la comunidad para comentar los sucesos del día».

El cronista no apunta nada más. Es suficiente. Es sobrado. Es la expresión de una vida comunitaria, fraterna, sencilla, cordial. Es la delicia de unos hombres que se dedican a los otros porque los aman y... se aman. La vida fraterna es la plataforma de lanzamiento de la misión de los hermanos maristas.

Terminada la construcción de la casa para los hermanos, la comunidad confía al improvisado arquitecto la alzadura de siete pabellones de madera, planchas y plásticos; y Bosco se las ingenia para sacar adelante cuatro aulas en cada pabellón con capacidad, cada una de ellas, para treinta alumnos de secundaria. Los pabellones se alzan al lado de la vivienda de los hermanos y, cuando se inauguren, los denominarán Colegio de Nuestra Señora de la Paz, lo que está muy puesto en razón. Bosco tendrá igualmente en su haber la construcción, primero de uno y, luego, de dos pabellones o almacenes donde guardar la comida, las ropas, los útiles escolares con que los hermanos maristas ayudarán a los refugiados.

También será él, el hermano Bosco, quien dirija la construcción del pozo negro en el que evacuarán las letrinas de la vivienda de los hermanos y de los alumnos del colegio. Tendrá doce metros de profundidad y uno de diámetro. ¡Quién iba a decirle a él o a cualquier otro de los seis hermanos hutus que a este pozo serían arrojados un mal día de octubre del año siguiente los cadáveres de los cuatro misioneros españoles que tomaron aquí, en este remanso de paz, de fe, de oración, de cultura y de solidaridad, el testigo que, obligados por las circunstancias, les pasaban unos meses antes los hermanos ruandeses!

Esas circunstancias no son otras sino la orden dada por el Gobierno del Zaire a todos los refugiados de retornar cuanto antes a Ruanda; con la advertencia, para más inri, de que si no emprendían voluntariamente el camino de vuelta, el ejército zaireño recibiría instrucciones de desalojar por la fuerza los campos y obligar a todos los acogidos en ellos a pasar la frontera hacia su país de origen.

Estas disposiciones de las autoridades de Kinshasa fueron ocasionadas por la incomprensible determinación de la comunidad internacional de levantar el embargo que ella misma, por mayo del 94, había impuesto a Ruanda; embargo que tenía por objeto, en primer lugar, que las autoridades del nuevo Gobierno ruandés no acrecentaran su potencial bélico. Zaire, que tenía sus buenas razones para temer una Ruanda fuertemente militarizada y armada —el estallido bélico del 96 confirmará que no eran vanos tales temores—, no se lo pensó dos veces y desafió a la comunidad internacional con la orden de expulsión de su territorio de todos los refugiados ruandeses.

La orden, como es sabido, quedó en agua de borrajas. Hubo, sí, campos de refugiados en los que las armas de los soldados zaireños obligaron a varios miles de refugiados a montar en camiones y cruzar la frontera hacia Ruanda. La comunidad internacional puso el grito en el cielo ante las imágenes de horror y de singular violencia que causaba la intervención de los soldados y el drama pudo detenerse en cuatro o cinco días. A las diez de la mañana del 24 de agosto se comunicaba oficialmente que se detenía la operación de la repatriación forzosa, aunque se mantenía la invitación perentoria a llevarla a cabo de forma voluntaria.

El campo de Nyamirangwe no fue objeto de violencias por parte de los soldados zaireños; pero sus veinticinco mil acogidos, presas del miedo, despavoridos, se lanzaron a la selva. No quedó un alma en el recinto, como quien dice. Volvieron al poco. Pero, ¡qué tres, cuatro o cinco días! De ésos que uno no puede desear ni a su peor enemigo.

Las secuelas psicológicas dejadas por estas terribles jornadas quedarían ahí para siempre. En la raíz misma de la vida de todos los refugiados. El ambiente en el campo se volvió confuso, espeso, apabullante, desganado, abúlico. Todos se quedaron con el temor por lo que pudiera ocurrirles el día menos pensado.

El hermano Miguel Ángel, que no fue testigo ocular de esas jornadas porque llegaría pocos días después, pudo palpar el impacto causado en el corazón de todos los refugiados y, muy concretamente, en el de los hermanos maristas ruandeses. Escribirá con referencia a esos días y, por desgracia, a los que vendrán después. Todos viven, dirá, «bajo el filo de la espada continua, permanente, de la inseguridad». «Inseguridad», sigue diciendo, porque «de un día a otro pueden dar con todo por tierra». Se le escapa el alma, abrumado por esta falta de futuro. Se le escapa, más aún, una confidencia al amigo a quien escribe, ya en el verano del 96, a punto de volver a su puesto en la misión tras un mes de bien merecidas vacaciones en España: «Te aseguro que no es fácil trabajar en condiciones semejantes. ¡No sabemos cuál va a ser nuestro futuro!». Y esto lo dice él, el Miguel Ángel que durante algún tiempo se desvivió en Costa de Marfil con una comunidad de leprosos...

Miguel Ángel decía bien, por eso, cuando hablaba de las «adversas condiciones psicológicas», mucho más negativas y lacerantes que las adversas condiciones materiales que padecían los refugiados. Mientras hay vida, suele decir la gente, hay esperanza; y, más mal que bien, los refugiados habían seguido viviendo en su submundo de hambre, suciedad, miseria; ese submundo del que el hermano Fernando de la Fuente, tan original siempre en sus expresiones, dirá —cuando lo conozca en los últimos días de febrero del 96— que no ha de llamarse Tercer Mundo sino «el último mundo».

Pero es que ahora a los refugiados les están quitando la vida día a día, poco a poco, implacablemente, con esa espada de Damocles que pesa sobre sus cabezas; con ese no saber si será hoy o será mañana cuando irrumpan, violentos, los soldados zaireños y les fuercen a subir a unos camiones, y los conduzcan a la frontera, y los arrojen en suelo ruandés, en las manos —o en las fauces— de sus enemigos tutsis. Con este diario despojamiento de la vida, los refugiados se sienten violados en su esperanza.

Estas «adversas condiciones psicológicas» están causando mella también en algunos de los seis hermanos maristas ruandeses. O en todos. Se advierte pronto cómo se van traumatizando paso a paso; o, tal vez, cómo de un día para otro van saliendo afuera, al exterior, los traumas agazapados en sus conciencias desde antes de abandonar Ruanda. Esos traumas, aquí, entre los refugiados, se les van agigantando con las escuchas de relatos espeluznantes, horribles, que les erizan la piel y les secan las entrañas. Son relatos que describen muertes despiadadas, crueles, de amigos, de conocidos, de familiares próximos, de sus propios hermanos, incluso de sus padres, en algunos casos. Esos relatos son el pan amargo de todos los corros, de todas las tertulias.

Y al filo de esas crónicas negras, los miedos y los fantasmas se van apoderando del espíritu de los hermanos.

Es un miedo que paraliza, que agarrota el corazón, que seca el alma, que la estruja. Y esta condición interior deteriorada es una contrariedad inmensa, hasta insuperable, para seguir trabajando en el campo y para avanzar nuevas iniciativas docentes y apostólicas. Más pronto o más tarde se impondrá el convencimiento de que no queda otro remedio que alejar a los hermanos del escenario de tanta tragedia si no se quiere que, primero unos, luego todos, acaben traumatizados sin posible cura. Habrá que ir pensando en enviarlos a otras comunidades maristas.

La elección de sus nuevos destinos no será difícil. El Instituto se halla presente en no menos de diecinueve países del continente africano, fruto de un largo empeño cuyos orígenes se remontan al lejano año de 1867. En cualquiera de estos países los hermanos hutus podrán encontrarse como en casa —aunque esto sea sólo un decir— porque en todas esas naciones ya hay hermanos africanos. Y numerosos: de los 422 maristas presentes en África, 290 son nativos de esas tierras.

La pelota queda, por el momento, en el alero; pero las cartas están ya sobre el tapete. Todo depende de cómo se vayan desenvolviendo los acontecimientos. Porque si los traumas psicológicos que se advertían entre algunos hermanos de la comunidad, tal vez en todos, eran ya motivo más que sobrado para ir pensando en destinarlos a otras partes, los últimos acontecimientos comienzan a poner en peligro la vida de todos los maristas. Servando, que desde el 23 de junio de este 1995 se ha incorporado a la comunidad de los hermanos ruandeses, será un fiel cronista de la situación. Lo que narrará será truculento, terrorífico.

Y no es que Servando sea propenso a las exageraciones y a los truenos. Cabría asegurar que para cuando llegó a Nyamirangwe estaba ya curado de espanto. Durante las semanas que había pasado en Bruselas para poner al día su francés, antes de trasladarse a los Grandes Lagos, Servando pudo hablar largo y tendido con el hermano Alphonse, un marista hutu a quien le habían asesinado, en la guerra civil del 94, a su padre, a su madre, a sus seis hermanos, a sus tíos y a sus primos. Él era el único hombre que quedaba con vida de su dilatada familia...

También había conversado durante tres días con el hermano Spiridion Ndanga, superior del distrito de Ruanda. Fue éste quien, precisamente, le puso al día de la situación en Nyamirangwe.

Servando es, además, de espíritu sereno y optimista. De castellano austero, poco dado a fantasías amargas. Sus más de venticinco años por tierras andaluzas le han procurado por su lado un vivo amor, alegre, por la vida.

Por lo demás, de junio a estos finales de agosto ha tenido más de una ocasión para hacerse cargo de la realidad. Por lo que le ha tocado ver. Por lo que ha tenido que oír...

Y, sin embargo, el texto del fax es sangrante. Califica de «trágicos e inhumanos» los acontecimientos vividos durante toda la semana anterior. Los refugiados, en su mayoría, habían huido despavoridos. Durante cuatro o cinco días anduvieron escondidos en las montañas. Aunque los soldados zaireños no habían irrumpido en el campo de Nyamirangwe, el pánico se había apoderado de todos los que estaban refugiados en él. Les habían llegado informaciones sobre cómo los soldados zaireños «se dedicaban a cazar a la gente por la ciudad y por los campos». Sobre cómo «los campos eran destruidos totalmente» después de haberlos saqueado y luego de hacerse con todas las pertenencias de los pobres acampados.

Estas informaciones no eran rumores. Servando cuenta que el domingo, 27 de agosto, había girado visita a tres grandes campos de más de cien mil personas cada uno y cómo se respiraba en ellos «miedo por todas partes». «La gente —dice— está convencida de que será obligada a entrar en Ruanda, a la fuerza», de que «la guerra se va a reabrir en su país».

Contará más. «He visto en un campo que está dirigido por un mercedario español, el padre Carlos, a más de quince mil refugiados que llegaban de las montañas después de una semana sin comida, después de comprobar que sus campos habían sido destruidos.»

La información siguiente tiene mucho de amargura. Dice así, textualmente: «El Alto Comisionado de las Naciones Unidas para los Refugiados, no sólo no les ha dado comida, sino que invitaba a las autoridades del campo a expulsarlos».

Y más aún. «Incluso nosotros —dice Servando— hemos pasado un susto, pues dos de los hermanos de la comunidad han estado dos días desaparecidos. Uno, detenido por los militares y liberado después. Previo el pago, como siempre, de unos dólares.» Eran el hermano Bosco y el hermano Elie Nkundabagenzi, superior de la comunidad, quienes trataban de llegar a Bukavu. Cuando los soldados los dejaron en paz, uno de ellos pudo acogerse a la hospitalidad del seminario de Murhesa; y, el otro, a la de los Hermanos de la Caridad, un instituto religioso de origen belga. Desde entonces, desde este «susto», ninguno de los tres hermanos ruandeses se ha atrevido a salir de casa, máxime cuando uno de ellos no acaba de recibir el permiso de residencia en el Zaire y otro lo tiene caducado.

Se estaba imponiendo, pues, el traslado de los hermanos ruandeses a otra parte. Compartían con todos los refugiados el riesgo de verse forzados a retornar a Ruanda sin las más mínimas garantías para su seguridad personal.

Pero este riesgo, aun siendo fuerte, no era el más grave. Sobre los hermanos ruandeses pendía otro mayor. Habían advertido que la vuelta de los refugiados al campo de Nyamirangwe había servido a los milicianos *interahamwes* de los refugios cercanos de la región para infiltrarse ilegal y clandestinamente en el de Bugobe. Los hermanos tenían la impresión de estar en las miras de los *interahamwes*.

Eran todos ellos, los hermanos y los milicianos, de la misma etnia; y tanto unos como otros suspiraban por volver a la patria. Había entre ellos, sin embargo, una abismal diferencia en cuanto a los medios más propicios con los que satisfacer sus ansias. Los hermanos exigían garantías para un retorno justo y digno de los refugiados; garantías que sólo podrían procurarse mediante un diálogo entre los ruandeses vencedores del interior del país y los ruandeses, vencidos, de los campos. Con la mediación —y, si fuese necesario, con la presión— de la comunidad internacional o, al menos, de los países africanos vecinos.

Los milicianos hutus y las autoridades del denominado «Gobierno ruandés en el exilio» no consideraban ni viable ni honrosa esta opción. No veían en los vencedores ninguna disposición al diálogo con los derrotados. Y no juzgaban que fuera justo que los representantes de la minoría tutsi se hubiesen alzado con el poder en Kigali por la fuerza de las armas y contra la voluntad democrática de la mayoría hutu. A su entender, sólo una guerra de reconquista pondría las cosas en su sitio.

Y en éstas andaban. Se estaban preparando para iniciar las hostilidades y, mientras tanto, los infiltrados en Nyamirangwe trataban de captarse la voluntad de los refugiados; particularmente de los jóvenes. Los hermanos maristas les resultaban un estorbo en sus propósitos. Porque hablaban de perdón, de reconciliación, de paz. En la misma línea de las prédicas del odiado —por ellos, por los milicianos— arzobispo de Bukavu, al que se la tenían jurada.

¿También se la tenían jurada a los hermanos? Es probable, casi seguro. Los hermanos sentían que los *interahamwes* los miraban desafiantes. Con soberbia. Con arrogancia. Con no se sabe qué de amenazante en sus ojos...

No les quedaba a los hermanos otra solución que poner tierra de por medio. El propio hermano Elie escribe a los superiores del Instituto, a Roma, para que vean el modo y la manera de destinar a los seis miembros ruandeses de la comunidad de Bugobe a otras naciones menos azarosas que el Zaire. El hermano Benito y todo su Consejo acogieron la demanda y comenzaron a barajar las posibilidades. Servando apoya el punto de vista de sus hermanos ruandeses. Pide, aun así, que no le dejen solo, que le envíen algún compañero.

El calendario está discurriendo aún por los últimos días de agosto y primeros de septiembre del 95. El hermano Miguel Ángel está, por fortuna, a punto de llegar. Se habla incluso de que vayan uno y hasta dos hermanos más. Comienza a sonar el nombre de Fernando de la Fuente. También, bastante después, el de Julio Rodríguez. Y el de un navarrico, de la provincia marista de Suiza, que se llama Miguel. Miguel Sanz.

El 12 de diciembre de 1995 bajará definitivamente el telón y los dos últimos hermanos ruandeses de la

comunidad de Bugobe emprenderán la ruta de los otros cuatro que les han precedido en la despedida. Dirán su adiós a todo un hermoso sueño que ha durado apenas un año y pico.

Salir, alejarse de Bugobe, abandonar a los refugiados de Nyamirangwe, trasladarse a tierras desconocidas..., se dice con pocas palabras. Pero, ¡cuántas ilusiones frustradas, cuántos esfuerzos humanamente baldíos, cuántos desgarramientos interiores en este adiós... definitivo! Jean Bosco contempla por última vez la vivienda de los hermanos, el colegio Nuestra Señora de la Paz, los almacenes, el «palacio», que dice Servando. No es que sean unas grandes construcciones: tablas y planchas onduladas, es verdad. Ocho habitaciones divididas sólo por plásticos. La pequeña capilla, la sala comedor de la comunidad, las treinta aulas para los muchachos estudiantes de bachillerato... ¡Ah!, y la humilde casita que se había construido, también, para las once hermanas ruandesas del Sagrado Corazón llegadas en junio —una semana después de la incorporación de Servando a la comunidad— sólo con lo puesto, sin ningún medio económico y sin contar ni siquiera con el reconocimiento jurídico de la Congregación. Su fundador, un obispo ruandés, había sido asesinado antes de hacer público el decreto pertinente. Los hermanos maristas habían tenido que echarles una mano.

No, no era mucho lo que dejaban con ese adiós definitivo; pero era ¡todo! lo que tenían. Todo lo que habían puesto en pie. Con su partida comenzaría una segunda etapa en la misión de Bugobe. El protagonismo, ahora, pasaría a manos de los hermanos maristas españoles. A manos de Servando y de Miguel Ángel. A manos de Fernando y de Julio. Durante poco más de un año para los dos primeros. Por sólo unos meses para los otros dos. Los suficientes, sin embargo, para que antes de ser mártires con su sangre, lo fueran por su caridad. Hay que contarlo.

Capítulo tres

«A UNO se le pone la carne de gallina al oír las escenas de muerte y de tortura que los refugiados han presenciado y todo lo que han tenido que pasar. Todavía no está solucionado el conflicto y hay más de dos millones de refugiados fuera de Ruanda que no quieren entrar por miedo a lo que les puedan hacer.»

«¿Cómo se puede comprender el dolor que esconden esos dos millones de refugiados que no tienen encima más que el recuerdo de una tierra y una casa perdidas y también la desaparición de un millón de personas? ¿Cómo sanar las heridas del odio y de la venganza después de haber vivido tanta violencia y tanta muerte?»

«Ahora están los refugiados con la angustia de que les han dicho que, para antes de fin de año, los van a obligar a entrar en Ruanda, su país, lo que no quieren hacer porque tienen miedo a los tutsis que están dentro. Éstos ganaron la guerra el año pasado y los hutus tuvieron que huir.»

«Las necesidades aquí son interminables.»

Todas estas expresiones están tomadas de las cartas que los hermanos Servando y Fernando envían a sus superiores, a sus compañeros de Instituto, a sus familiares y amigos. Testimonios como éstos podrían citarse a cientos, porque en todas las comunicaciones hay una verdadera obsesión, sobrecogedora, de que aquello —lo que ven, lo que oyen, lo que palpan a diario— es un verdadero infierno. Se les abren en el corazón las compuertas de la caridad y se entregan, con decisión total, a dar su vida por los refugiados. ¡Es el prólogo y el anticipo de otra entrega, esta vez sangrienta y cruel, que protagonizarán de aquí a un año! En otro mes de octubre.

Por el momento se gozan con hacer el bien, todo el bien que pueden; más que el que pueden. Y ni ellos mismos logran explicarse que no les falten las fuerzas, que su salud no se resienta, que duerman como lirones, a pierna suelta y sin el menor sobresalto. Servando, que es un optimista todo terreno, comenta: «Os aseguro que se siente tanta satisfacción de ver que la gente aprecia tantísimo tu presencia, que no cambiaría este trabajo por ningún otro».

Eso de la «presencia» lo invocará en muchas otras ocasiones. Uno adivina que Servando se está diciendo a sí mismo que no puede llegar a todas partes, que hay problemas cuya solución no está en sus manos, que ya no cabe multiplicarse más. Pero también está diciéndose que ese «estar» al lado de los más pobres, ese vivir todos los días con ellos, para ellos y —en la medida de lo posible— como ellos, es la expresión más precisa de la solidaridad; porque resitúa al hombre en la dignidad que muchos otros le niegan. La

«presencia» no resuelve papeletas ni desata nudos gordianos; no incrementa los dividendos ni engorda la cuenta corriente de la eficacia; no compite con las tahonas ni substituye a las aspirinas. Pero es el modo de decirle a uno, sin palabras, que se le toma en cuenta, que se le tiene al lado como a un igual, que se comparte con él su suerte y su causa, que no es un número más en el campo de Nyamirangwe, sino un hombre, todo un hombre. ¡Cuántas, cuántas veces vuelve Servando sobre la «presencia» de los maristas entre los refugiados! Se lo había comentado muy bien a su madre, la señora Otilia, cuando le decía —como se recordará— «si es que los refugiados cuando ven a los misioneros es como si vieran a Dios». Había añadido en aquella ocasión —y también esto estará en el recuerdo porque ya está dicho— «si nosotros no les ayudamos, nadie lo va a hacer». Lo que significa que esa «presencia» que acoge al hombre como tal hombre, con su dignidad irrenunciable y sus derechos, quiere ver al hombre puesto en pie, vertical, no humillado ni pisoteado.

Los hermanos maristas —por una venturosa deformación profesional, fruto de su carisma— se vuelven hacia los niños. Los ven vestidos (¡!) con harapos, con la ropa hecha jirones, sucia y entristecida. Y esto, cuando todavía tienen la posibilidad de llevar algo encima. Servando le informa a la señora Otilia que el clima en esa zona de los Grandes Lagos es primaveral, pero que en la época de las lluvias y durante las noches refresca bastante y que, a veces, hace verdadero frío. Esta anotación, que podría pasar por trivial o sin importancia, está escrita con el pensamiento puesto en los niños y en los jóvenes. Muchos de los potenciales alumnos no pueden acudir a las clases porque no tienen nada que ponerse para tapar sus vergüenzas. Viven, corren, juegan, se reúnen, se acuestan... desnudos. Están descalzos porque el calzado, en el campo, es un lujo asiático.

Servando se pone a hacer recuento y calcula que hasta un sesenta por ciento de los niños y jóvenes refugiados anda sin nada en los pies. Incluidos, es obvio, sus alumnos. Que tienen unos veinte años, que están aún en los últimos cursos de la enseñanza secundaria, que deberían ser ya unos mocetones hechos y derechos. Pero que no lo son tanto, al menos la mayoría. La comida que se les distribuye en el campo no es suficiente para que se desarrollen y crezcan adecuadamente.

El caso de los niños huérfanos es el más sangrante de todos, y eso que los misioneros no saben aún, en esos días de octubre del 95, cuántos son los niños que se han quedado sin padres y sin familiares, y que tienen que vivir a la buena de Dios, vagabundeando de aquí para allá todo el día, reuniéndose para dormir juntos al aire libre porque, por no tener, no tienen ni una miserable tienda de plástico. Los hermanos pedirán a la coordinadora de las Comunidades Eclesiales de Base que funciona en Nyamirangwe la confección de una estadística más o menos aproximativa sobre el número de huérfanos. ¡Se quedarán de una pieza cuando, hecha la investigación, les digan que han podido detectar a cinco mil seiscientos! «¡Qué barbaridad!», comentan y se llevan las manos a la cabeza. Y cuentan: «Me llaman unos jóvenes. Nosotros los conocemos como *enfants de la rue.* Se trata de chavales que llevan casi dos años vagabundeando, sin comida y sin casa. Me decían: 'nos han echado del mercado donde pasábamos la noche y no podemos ir a Bukavu por el día para buscar qué comer. No tenemos ropa, ni comida, ni cobijo; y nos echan de todas partes. ¡Ayúdenos!'».

La insuficiencia alimentaria está haciendo estragos entre estos niños huérfanos. Y entre los menos niños. Servando, cuyos orígenes familiares están en el campo burgalés, tierras de pan llevar, comenta que los refugiados han de malvivir con sólo cuatro kilos de maíz cada quince días y... con un brazado de leña para cocer el grano; que se les entrega entero, sin moler. «Las necesidades son inconmensurables, dice, y todas ellas graves. El problema es que no hay medios para

resolverlas y poder llevar adelante proyectos urgentes de atención primaria.»

Entre estos proyectos figura la puesta en marcha de un molino. Aunque su urgencia es suma, habrá que esperar todavía algún tiempo para adquirir la maquinaria y verlo funcionar. La comunidad marista de Guardamar, Alicante, será quien lo financie. Cuando eche a andar, ya será marzo del 96. Molerá —lo puntualiza Miguel Ángel— maíz, sorgo y mandioca. Trabajará durante doce horas al día, desde las seis de la mañana hasta las seis de la tarde. La gente formará colas de hasta cien metros para acercar el grano hasta el molino. Al frente de todo el ingenio actuará un joven ruandés, sobrino de un hermano marista hutu. Se encargará de cobrar a los clientes una cantidad más que módica, que dignifica el servicio y lo hace más apreciable.

La solidaridad de los hermanos tiene ante sí, en estos meses de septiembre y octubre, a unos veinticinco mil refugiados. Más o menos. Nunca se sabe a ciencia cierta cuántos. La estadística oscila al filo de los acontecimientos, casi siempre hacia arriba. A raíz de las calamitosas jornadas de finales de agosto ha experimentado, sin duda, un incremento. Se ha corrido la voz de que Nyamirangwe «funciona» y más de uno se ha sentido atraído por un servicio más eficaz. En líneas generales, este juicio da en la diana. Aunque no es para echar las campanas al vuelo. El campo tiene sus problemas. Al frente de cada uno de los ocho barrios en los que han sido distribuidos los refugiados, obra un jefe de barrio, una especie de alcalde pedáneo, asistido por un Consejo. Se ha de cuidar del mantenimiento del orden y de la limpieza.

No siempre, como es natural, les resulta fácil a estas improvisadas autoridades ni asegurar el orden ni implantar la limpieza. Los robos y los pillajes, que nunca han faltado, van ahora en aumento, en la medida en que se enrarecen los alimentos y se va hundiendo la moral, a partir sobre todo del ultimátum dado —y luego, suspendido— por las autoridades del Zaire. Y porque los refugiados se están cansando de tanto esperar... inútilmente. Se ha impuesto una especie de laxitud colectiva, una especie de abulia para la que resulta lo mismo el so que el arre. La suciedad, por eso, lo invade todo. Y las rivalidades y las rencillas entre los refugiados explotan por un quítame allá esas pajas. Entre los viejos y los adultos. Entre los jóvenes. Particularmente entre éstos, los más castigados por el desmoronamiento de la esperanza.

Los hermanos destacan en sus comunicaciones que hasta un sesenta por ciento de los refugiados está por debajo de los venticinco años. La abundancia de niños en este subgrupo salta a la vista. Con su peculiar modo de escribir, un tanto académico, propio de un hombre de letras, Fernando de la Fuente dirá, fechas más adelante, por marzo del 96: «Tanto entre los adultos como entre los jóvenes ha brotado la delincuencia en forma organizada y, lo que al principio fue un encuentro de personas perseguidas que se refugiaron, al cabo de dos años de vecindad inhumana, la desconfianza, los robos, las amenazas y la desgracia de su vida hacen que se encuentre entre la calma aparente y la guerra existencial, es decir, en una incertidumbre permanente que deriva en una especie de agonía vital ilimitada».

Los hermanos lo tienen muy claro. Ante este panorama tan deprimido como deprimente, hay que intensificar la educación, hay que encontrar y distribuir alimentos, hay que vestir a los desnudos y hay que estimular los movimientos apostólicos en que se dan cita jóvenes y adultos cristianos.

Una estadística de octubre de este año 95 —del 16 de octubre, concretamente— refleja la situación de la enseñanza. Son más de cinco mil los niños y jóvenes encuadrados en los distintos niveles de enseñanza. En el maternal, 850; en el de primaria, 2 754; en el de secundaria, 789; en los cursos de alfabetización de adultos, 375, a partes iguales entre hombres y mujeres, con alguna —pequeña— mayor presencia de estas últimas porque también son prevalentes en el conjunto de los refugiados. El «claustro de profesores» está integrado por doscientos diez maestros, todos ellos refugiados, como sus alumnos, y todos modestamente remunerados por su trabajo a cuenta de la economía de los hermanos.

En realidad, la organización de la enseñanza en el campo es cometido que el Alto Comisionado de las Naciones Unidas para los Refugiados ha confiado a la Cruz Roja Internacional. Sus funcionarios, sin embargo, se limitan a dejar hacer a los hermanos maristas. Éstos, con una insistencia rayana en la testarudez, tratan de arrancar a la Cruz Roja Internacional una mayor implicación de sus funcionarios o, por lo menos, de sus resortes económicos en las tareas educativas. Diálogos, conversaciones, encuentros. Palabras, sólo palabras. Un sin fin de viajes de ida y vuelta entre Bugobe y Bukavu. Y, total, para nada, o para muy poco.

Los datos sobre el número de alumnos son estimulantes. Hay que reconocer que los hermanos ruandeses realizaron un buen trabajo. Ahora a Miguel y a Servando les toca cargar con él. Se impone hablar de los hermanos ruandeses en tiempo pasado, por lo ya dicho. Entre el 10 y el 12 de octubre se había decidido que abandonarían la comunidad de Bugobe. Siguieron, por el momento, en ella; pero con un pie fuera y otro dentro. Traumatizados y con serios peligros para sus vidas, van desprendiéndose de todos los trabajos en el campo. «Con esto, comentará Servando, nos quedamos solos Miguel Ángel y yo.» Pocas líneas después se sobrepone a esta primera sensación de soledad y dice: «Por lo que respecta a Miguel y a mí, estamos dispuestos a permanecer aquí hasta el final».

Tiempo habrá de saber a qué final se está refiriendo. Por el momento, Miguel Ángel y Servando intentan huir del triunfalismo de las estadísticas, que pueden crear imágenes falsas de la realidad. Son cinco mil los niños y jóvenes que acuden a las aulas; pero esto, sin más, indica que otros varios miles, otros cinco mil, más o menos, andan vagueando por ahí, lejos de la enseñanza. Los hermanos dedican mucho tiempo a intentar convencer a los reticentes. Aunque relativo, su afán tendrá éxito. Al cabo de un año de insistir con unos y con otros, conseguirán convocar a las aulas a dos mil alumnos más.

Lo de las aulas —¿habrá que decirlo?— es pura metáfora. La enseñanza maternal y la primaria tienen lugar al aire libre. Siempre bajo el sol. Frecuentemente bajo la lluvia. Los hermanos están empeñados en que la Cruz Roja Internacional y el Alto Comisionado pongan remedio a esta situación. De ahí esos interminables viajes entre Bugobe y Bukavu, entre Bukavu y Bugobe. «Es toda una experiencia conducir por aquí; pues aunque tenemos un Toyota todo terreno, hay que ver los caminos para poder imaginarse lo que supone conducir por aquí. Es prácticamente ir a campo traviesa por unos caminos que tienen unos hoyos que dan miedo.» Con esa pizca de humor que se le ha pegado de Andalucía y con el deseo de no asustar demasiado a los destinatarios de sus informaciones, dice a continuación: «Aunque no hay problemas de peligro, porque hay que ir muy lento. El mayor problema, ahora que estamos en la estación seca, es el polvo rojizo que forma una verdadera nube durante todo el trayecto».

Peor será cuando lleguen las lluvias. Fernando, siempre atento a los menores detalles, hablará de estos viajes —le impresionaron, por lo visto— en la primera comunicación que envía a su comunidad de San Fernando, Chile, y a todo el personal de la casa. Lleva tan sólo una semana en Bugobe y no ha tenido tiempo de curarse de espanto. «Los caminos son infernales y es un castigo manejar la camioneta. No hay un metro cuadrado confiable. Además, cuando llueve —casi todos los días, pues estamos en la estación de las lluvias, de septiembre a mayo— el barro arcilloso nos acompaña todo el tiempo, el vehículo no responde a los mandos y resbala donde quiere. Varias veces hemos quedado atravesados o nos hemos ido a la acequia. ¡Menos mal que no hay precipicios! Para hacer treinta kilómetros tardamos más de una hora y siempre con la interrogante de llegar. Este trayecto lo tenemos que hacer tres veces o más por semana, ya que es donde hacemos las compras para el campo.» Y adonde tenemos que ir, podría haber añadido, para hablar de los problemas de la enseñanza. ¡Que no hay manera, que no, de que les monten unas tiendas de campaña para los pobres niños!

Han de consolarse un tanto —poco, es verdad— con la contemplación del Colegio de Nuestra Señora de la Paz que ha levantado el hermano Bosco. Es su mayor orgullo, legítimamente. ¡Treinta aulas! Todo un éxito. Excesivo, quizá. Porque esas treinta aulas se hicieron famosas en toda la región y comenzaron a acudir a las clases jóvenes de otros campos de refugiados. El hermano Servando, que cada día enseña inglés y religión durante cinco horas en este «colegio», comenta: «Vienen todos los días. Se tienen que hacer, andando, más de treinta kilómetros y... con el estómago vacío».

Los hermanos pagaron un alto precio por tanto éxito: se avergonzaban de que a ellos no les faltara de nada en la mesa, en tanto sus jóvenes alumnos pasaban un hambre negra. Pero, ¿qué podían hacer?

Porque la urgencia de dar de comer a los hambrientos se les va haciendo obsesión. Ésta se traduce en pasión cuando miran la hambruna que padecen los niños huérfanos, verdaderos «niños de la calle», aunque la expresión «calle» no resulte muy apropiada para un campo de refugiados. «Tenemos varios centenares de niños huérfanos —dicen— que casi todos sufren de desnutrición.»

También les preocupa mucho la suerte de los que conforman, por seguir su terminología, los «grupos de mayor riesgo» o, mejor aún, los «grupos de personas más vulnerables». Incluyen aquí a las mujeres en estado de gestación —y que son las más en Nyamirangwe—; a los niños menores de cinco años; a los ancianos; a los minusválidos; a los enfermos de neumonía; a los que sufren diarreas crónicas; a los que arrastran infecciones varias. El hermano Fernando precisará a su debido tiempo, ya en 1996, que las enfermedades más extendidas son la malaria y el sida. «No sabemos cuántas personas están contagiadas, pero es elevado el número de enfermos y muertos. Los hermanos —deja caer— «debemos tomar todos los días medicamentos especiales para evitar la malaria, que es propia del Zaire.»

Servando, primero y, luego, Miguel Ángel, escriben y escriben a España, a Roma. Piden ayuda. Dine-

ro y ropa, material escolar. Llaman de continuo a la generosidad de SED, la ONG que los hermanos maristas han creado para promover —y de aquí las siglas— la solidaridad, la educación, el desarrollo. Se dirigen a la comunidad marista de Nyangezi. Aquí ha estado emplazado el Noviciado para la formación de jóvenes maristas y la Casa cuenta, por ello, con una finca muy hermosa y una importante producción agrícola. Desde el pasado 22 de junio, el Noviciado ha tenido que emigrar a África Central, por razones de elemental seguridad, según lo ha expuesto a los superiores mayores el hermano Esteban Ortega, maestro de los novicios. A la comunidad le sobran ahora alimentos, y Miguel Ángel y Servando arramplan con lo que pueden y cargan la camioneta hasta los topes.

No se avergüenzan de pasar por pedigüeños y por apremiar a sus posibles benefactores. Les gustaría mendigar con algo más de reposo y no ser tan insistentes. Saben que «los papeles» son imprescindibles en los reglamentos de las organizaciones humanitarias, como SED; y desearían hacer todas las cosas como Dios manda; como mandan la legislación y los estatutos. Pero, más allá de la burocracia, cuya necesidad comprenden, están las urgencias. Está la vida de los hombres, la vida de los niños huérfanos... Miguel Ángel lo dirá sin rebozo: «La urgencia es una condición de la ayuda a los refugiados».

Topaban con la dificultad de que la ayuda económica no llegaba rápida a sus manos. Miguel Ángel y Servando proponen las más diversas vías: que si por medio de los Padres Blancos, que si por mediación de Cáritas Española, que si interesando en el asunto a los Misioneros Javerianos, que si remitiéndolo a Bujumbura, que si haciéndolo llegar vía Nairobi... Los más varios expedientes, cambiantes de un día a otro, según la evolución de los acontecimientos. Que siempre van a peor y, por esto mismo, las urgencias aumentan.

«Nos urge el dinero para poder seguir ayudando y alimentando a los cientos de niños huérfanos y desnutridos. Te ruego que urjas y veas si envían el dinero; si no, corremos el riesgo de recibir el dinero cuando se hayan ido los refugiados.»

En el ahogo en que se encuentran, al hermano Servando, que es el autor de este llamamiento urgente, firmado el 10 de octubre del 95, no se le ocurre mejor fórmula que la de sugerir que un marista de la Bética viaje con el dinero en un maletín hasta el Zaire. «Será más rentable, insiste, incluso económicamente, que cualquier otro medio.» Estas urgencias revelan que están con el agua hasta el cuello. Se han comprometido a dar de comer diariamente a trescientos niños y niñas en seis puestos que han organizado como cantinas. Tienen que alimentar diariamente a doscientos cuarenta alumnos de enseñanza secundaria que viven solos, sin familiares. Tienen que procurar el material necesario para un taller de costura al que acuden diariamente doscientas chicas. Tienen que adquirir algunos aparatos quirúrgicos para chicos minusválidos. Siguen con la idea del molino —o de un segundo molino— y están proyectando un taller de enseñanza profesional con clases de carpintería y electricidad.

Todas estas realizaciones y proyectos que quieren poner en pie de inmediato están tocados de un cáncer mortal. Los hermanos se acogen al criterio evangélico «básteos el afán de cada día» y hacen como si no les preocupara que todos sus castillos pueden venirse por los suelos en cualquier momento. Hoy hay urgencias y hoy hay que darles respuestas. Lo que vaya a pasar ya se verá mañana.

Es curiosa la psicología de Miguel y de Servando en estas melancólicas horas del mes de octubre. Por un lado, trabajan a tope y a tope proyectan nuevas iniciativas. Por otro, son muy conscientes de que el campo de Nyamirangwe, como todos los demás, está amenazado de muerte. Su opción es, sin embargo, clara, definida. Seguirán trabajando y planeando como si su acción de solidaridad pudiera continuar sin término; porque hoy, en este preciso y concreto momento, la caridad de Cristo les apremia a hacer todo el bien posible. Pero son muy conscientes, al mismo tiempo, de que la suerte de «los suyos», de los refugiados, está ya echada. Y de cara a ese más que previsible futuro, incontrastable, imposible de vencer, dirán la única palabra que su conciencia cristiana da por buena: «Estamos dispuestos a permanecer hasta el final».

No están hablando del final de sus vidas sino del final del campo. El ultimatum de la repatriación sigue vigente. Corren rumores de que en el norte del Kivu los soldados zaireños están forzando la repatriación. Las noticias que llegan del vecino Burundi no auguran nada bueno. El Alto Comisionado de las Naciones Unidas para los Refugiados sigue minando la moral de los asustados hutus, instándoles a retornar a su patria. Los oficiales de este organismo internacional se han plegado a los dictados de Kinshasa y están determinados a que se cumplan. Sin miramientos, sin dilaciones. A los hermanos que andan ya programando el comienzo del curso escolar para los días finales de este mes de octubre, les han dicho que se dejen de gaitas, que es mejor que no continúen con las clases. Para el Alto Comisionado no hay más que una prioridad: la repatriación cuanto antes de todos los refugiados.

Comenta Servando: «Ya podéis imaginaros cómo están los ánimos. Hasta ahora, las campañas que se están haciendo, instando a entrar en Ruanda, no están dando ningún resultado. De nuestro campo de Nyamirangwe no se ha ido nadie voluntariamente. Todo el mundo tiene miedo. Piensan que, si entran, se van a repetir las masacres de las que todos fueron testigos el año pasado. Ahora las víctimas serán ellos». Y también: «Se respira un ambiente de mucho pesimismo sobre el futuro de los refugiados. La inmensa mayoría de éstos vive en esta angustia de ser forzados a entrar en Ruanda. Temen que a los jóvenes y a los intelectuales los vayan a matar y torturar, a pesar de todo lo que dicen los organismos internacionales». Remacha el clavo una y otra vez: «Los hutus dicen que Ruanda es un infierno y que el único destino que les espera —si retornan— es la tortura y la muerte». «Ayer mismo me decía un alumno que encontré en el campo: 'Hermano, yo no entro en Ruanda. Estoy en la miseria más absoluta, pero estoy dispuesto a morir aquí antes que ser torturado y matado en Ruanda. Ya han matado a toda mi familia y ¡éramos once! y a mí no porque no me encontraron'».

Para colmo de desdichas, en esta guerra psicológica, lo que está ocurriendo en Burundi. «La situación en Burundi es cada día más difícil y violenta. Están prácticamente en guerra civil. Casi diariamente se repiten los asesinatos entre hutus y tutsis. Tres misioneros javerianos acaban de morir asesinados.»

La comunidad marista no se deja vencer por tanta calamidad. Los hermanos hacen de tripas corazón. Esperan contra toda desesperanza. Vuelve a imponérseles la «calidad humana», la voluntad de ver a cada hombre como lo que en realidad es: hombre, no un número; no un ser anónimo que se pierde en la masa. La solidaridad de Dios para con este mundo hace que los hermanos vean en el rostro de cada refugiado el rostro mismo del Jesús sufriente. «No podemos dejar a cinco mil alumnos vagabundeando por el campo sin nada que hacer.»

Sólo en el marco de esta pasión por el hombre, por cada uno de ellos, por cada rostro doliente, se comprende la crítica que Servando formula sobre el comportamiento de la Cruz Roja Internacional del campo de Nyamirangwe. Es una crítica severísima. «No tiene —grita más que dice— ningún interés por estos problemas humanos.» En confirmación de esta amarga censura, cuenta con un hecho que está ahí, a la vista: cuarenta chavales huérfanos, que llevan más de un año en el campo, que vagabundean todo el día de una a otra parte en el refugio, siguen sin estar todavía censados oficialmente. El hecho es tremendo en sí mismo. Lo es más cuando se sabe que, al no estar censados, no tienen derecho alguno a recibir la parca ración de alimentos que se les distribuye a todos los refugiados.

A los hermanos no les queda más remedio que echar una mano a estos pobres chicos. A éstos y a otros bastantes más que van descubriendo en iguales o parecidas condiciones. Para ellos montarán los seis comedores citados poco antes.

Tienen que dar alguna solución a la papeleta que les crean los jóvenes que acuden a las clases de enseñanza secundaria «con los estómagos vacíos», además de verse obligados a recorrer a pie, descalzos, treinta kilómetros cada día y otros tantos para volver a sus campos. «O los ayudamos o tendrán que dejar de asistir a la escuela para buscarse la comida y el vestido.»

Y no queda más remedio que ayudarlos. Porque les horroriza el sólo pensar que esos muchachos, tan voluntariosos y decididos, se vean obligados a dar de lado su educación por tener que andar por ahí buscándose la vida, el pan de cada día, la ropa que les cubra un poco. Es ésta una decisión que pesará durante toda la vida sobre la libertad y la capacitación de estos jóvenes. Esta impuesta humillación de «sus» muchachos, este empobrecimiento de los chicos para toda su existencia, remueve las fibras del corazón de los misioneros. Miguel Ángel y Servando miran a su alrededor en busca de complicidades para afrontar el problema. No las encuentran por más que hablan con unos y con otros, por más que multiplican sus idas y venidas a Bukavu. Les duele la pasividad que encuentran en los organismos internacionales, «que se desentienden y hasta ponen dificultades de forma vergonzosa. Pero —concluye Servando—, ¡así es la vida!».

El comienzo del curso escolar en estos finales de octubre o primeros de noviembre encuentra muy desalentados a los profesores. Se ha corrido la voz de que Miguel Ángel y Servando han tenido que forcejear fuerte para conseguir que se inaugurara el curso, aunque sea con una semana de retraso. Entienden que su trabajo no está siendo valorado, que no interesa, que hay quienes desean darle carpetazo. En estas condiciones, ¿quién no se desanima?

Contraatacan Miguel y Servando. Se reúnen con los maestros. Acuerdan darles mensualmente, además del sueldo que les pagan ellos y de la ración de comida que les entrega el campo, un suplemento de treinta y cinco kilos de grano. Advierten que es de todo punto necesario inyectarles algún estímulo. El de la comida es el que más les motiva. Y el de la ropa. Les dan, por eso, algunas prendas.

Durante algún tiempo, la compra de ropa para los refugiados va a ser una prioridad en la programación de los dos hermanos. El consejero general, Jeffrey, que los ha visitado, ha podido ver los cuerpos desnudos de cientos, de miles de niños; y los harapos de tantos y tantos refugiados. Se ha conmovido. Les ha dicho que compren ropa inmediatamente en las tiendas de Bukavu. Al precio que sea, aunque los precios están por las nubes. Si es preciso, que compren a crédito. Dios, por mediación del Instituto, de los alumnos de los colegios, de los familiares de los alumnos, proveerá.

Un comunicado del 11 de diciembre informa, con incontenible alegría, que han repartido ropas «para la gente de cero a veinte años». La operación ha vestido —¡allá es nada!— a diez mil niños y jóvenes. Se han gastado en la compra de ropa los veinte mil dólares que mucho más que oportunamente les ha enviado la Bética.

La satisfacción de Miguel Ángel y de Servando dura poco, sin embargo. Han podido vestir a diez mil; pero es urgente hacer algo igual en favor de otros diez mil. «La necesidad de ropa es gravísima.» «La necesidad de ropa es extrema», escriben a unos y otros. La que llevan encima los refugiados —comentarán— se les está cayendo a jirones. Con ella escaparon de Ruanda hace ya año y medio. Con ella se han cubierto hasta ahora durante el día y durante la noche. No hay jabón en el campo o, si algo se encuentra en el mercado, su precio desalienta al más pintado. Los harapos están hechos una verdadera mugre. El color original de las prendas es irreconocible...

La «operación reparto de ropa» les ha causado a los misioneros más de un quebradero de cabeza y no pocos disgustos. Ha habido robos de prendas. Ha habido quien se ha acaparado algunas ropas. Incluso los mismos encargados de la distribución han traicionado la confianza que los hermanos habían depositado en ellos y se han llevado lo que han podido. «Es ésta otra pobreza más de los pobres», comenta Servando con cierto tono de excusa ante lo que ha ocurrido. ¿Se acordaría de que Pablo, en el himno a la caridad, en el capítulo XIII de la carta a los cristianos de Corinto, dice que «el amor todo lo excusa»?

Por si fueran pocas estas preocupaciones de dar de comer y de vestir, ahí está esa otra de la salida de los últimos hermanos ruandeses. Que no acaban de salir. Porque no les permiten salir. Habían ido al aeropuerto de Bukavu para sacar los pasajes de algunos de los hermanos ruandeses a Nairobi, de donde seguirían a sus nuevos destinos. «Tenemos órdenes de no dejar salir del Zaire a ningún ruandés. Si quieren salir del país, el único sitio adonde pueden ir es Ruanda.» Se lo dicen en las ventanillas de las líneas aéreas. Y esta vez, curiosa y desgraciadamente, no funciona lo de la propina de unos dólares bajo manga.

Por el momento. Por fin, sí, funcionará y, antes de las navidades, los seis hermanos ruandeses habrán abandonado la misión de Bugobe. Pero no pueden ser demasiado optimistas sobre el futuro de «su nueva familia». El cerco se va cerrando de día en día.

¿A mal tiempo buena cara? «Nosotros, yo en particular, seguimos ilusionados y con mucha paz», escribe Servando. Es su respuesta a una situación que se les está haciendo imposible. Habían llegado a ser hasta ocho de comunidad. Están ahora reducidos a dos. «Estoy dispuesto a lo que haga falta», dice Servando a sus superiores. Miguel Ángel está en esta misma clave de absoluta disponibilidad. El 31 de diciembre, la fecha fatídica del ultimátum, está al caer. ¡Dios dirá! De todos modos ellos siguen con sus trabajos, sus afanes, sus proyectos. Servando encuentra ánimos hasta para reírse de sí mismo. «En este mes último he tenido que hacer un agujero al cinturón, aunque todavía me quedan reservas más que suficientes y la salud sigue inmejorable. Aunque cada vez fumo más. Es la droga que me calma.»

Celebran la Nochebuena. Sientan a su mesa a dos sacerdotes ruandeses que han acogido en su casa. Al joven que estará dentro de poco al frente del molino. A otro joven estudiante. A varios empleados del almacén. Quieren estar alegres y la verdad es que, en las cartas de esos días, no dejan entrever ninguna tristeza. Bueno, sí, una, si no tristeza, sí preocupación. Se les nota desasosegados porque, con la salida de los hermanos ruandeses, la comunidad ha quedado reducida a la mínima expresión. No es que se arruguen ante la sobrecarga de trabajo, aunque esa nota humorística del nuevo agujero en el cinturón de Servando está diciendo, para quien quiera entenderlo, que comienzan a estar al límite de sus posibilidades. Les preocupa que los superiores decidan clausurar la misión a la vista de las muchas dificultades con que tropieza el trabajo de los hermanos, o porque los medios de comunicación de Europa hayan hecho creer en Roma que el problema de los refugiados tiene los días contados. Por un momento —sólo por un momento— se les ha pasado esta negra sospecha por la mente. Por eso, ¡con qué alegría se expresarán cuando los superiores les confirman que pueden seguir adelante. «Parece que quieren que los hermanos sigamos junto a los refugiados —escribe Servando con ánimo apaciguado y feliz— también en la entrada a Ruanda o en algún tipo de actividad con ellos, colaborando con alguna organización.»

Han dado resultado sus continuos requerimientos a Roma para que se les permitiera seguir en Bugobe y en Nyamirangwe... hasta el final. Había escrito a sus superiores: «¡Cuántas personas encuentran consuelo y algo de esperanza, gracias a la presencia de los hermanos maristas en Nyamirangwe! No creo que podamos irnos de aquí los hermanos mientras sigan los refugiados».

Todos los que conocen a Servando están de acuerdo en atribuirle unas singulares dotes para la diplomacia. Tenía bien ganada fama al respecto. En esta ocasión, ante la sospecha que les rondaba como un pesado moscardón, va a emplear a fondo las sutilezas de su bien saber hacer. Va a apelar, nada más y nada menos, que a los criterios y líneas operativas del último Capítulo general de la congregación. Concretamente al documento sobre el tema de la solidaridad. ¿No se lee en él que «las llamadas a estrechar los lazos de solidaridad con los pobres son un imperativo evangélico y una llamada del Espíritu» a todos los hermanos?

Servando conoce bien este documento. Se lo sabe de coro. Su lectura, la reflexión personal de esas páginas, le condujo a solicitar un puesto entre los refugiados un día 17 de febrero de este año de 1995, en carta dirigida al hermano Benito, su superior general. Ahora, en esta ocasión en que su espíritu está turbado por la sospecha, recuerda lo que escribió aquel día. Había reproducido en su carta a Benito el texto de una introducción a la primera de las lecturas bíblicas de la liturgia del domingo. La introducción comentaba levemente un pasaje del profeta Isaías: «Cuando Dios llama a alguien —se lee—, la debilidad humana y el pecado no son motivo suficiente para negarse a esa llamada sino para reconocer en la propia flaqueza la posibilidad de la fuerza de Dios». Decía a continuación: «Quiero hacer mía esta Palabra de Dios, dejar que se manifieste su voluntad y, si llega el caso, que Él me ayude a responder de la misma manera que Isaías: 'Yo, hombre de labios impuros... escuché la voz del Señor que me decía: ¿A quién mandaré?, ¿quién irá por mí? Contesté: Aquí estoy, Señor, mándame'».

Sí, era imposible no reconocer ante sus superiores que la debilidad y flaqueza de la misión de Bugobe era mucha. ¡Reducida a dos gatos! No les asusta la sobrecarga de trabajo. No. Siguen adelante con todo. Les inquieta que, con la salida de los hermanos ruandeses, no van a poder continuar tomando el pulso a las inquietudes y los temores de los refugiados. No van a saber qué se comenta en los corros y tertulias del campo. Ni van a poder seguir el curso de los rumores. Sólo una minoría de los acogidos en Nyamirangwe, la minoría cultivada, acierta a expresarse en francés. Y ninguno de ellos dos, ni Miguel ni Servando, está por el momento capacitado para comprender el kinyaruanda o el suahilí. Ambos temen más que nada esta imposibilidad de comunicarse con «su nueva familia». ¡Y esto sí que es una abrumadora flaqueza, una sobrecogedora debilidad!

Pero... «Cuando Dios llama a alguien, la debilidad humana y el pecado no son motivo suficiente para negarse a la llamada». Es éste el momento de reconocer en la propia flaqueza «la posibilidad de la fuerza de Dios». Miguel y Servando se lo dicen y se lo repiten, con estas u otras palabras parecidas, cada vez que experimentan la ruina en que ha quedado la comunidad marista de Bugobe. De Dios sacarán la fuerza que necesitan para insistir ante sus superiores, para pedirles que los dejen continuar con los refugiados... hasta el final. Y, ¡lo consiguieron!

Miguel Ángel, en una carta del 24 de noviembre, había invocado al «Señor de la esperanza». Servando, muy en su línea, compara la debilidad de la misión con las flaquezas y humillaciones de los refugiados, y dice: «Quejarnos sería pecado grave».

Y, sin más, se vuelcan sobre sus trabajos, sobre sus clases, sobre la «operación ropa», sobre el catecismo, sobre la liturgia de los domingos, sobre el taller... Esta tarde tienen reunión con la flamante Comisión de esparcimiento y deporte. Hay que dar un último toque a la liga de fútbol que han organizado los miembros de esta comisión entre los equipos de los ocho barrios del campo de Nyamirangwe. No hay terapia mejor, se dicen los hermanos, que la pasión que suscitan las competiciones futbolísticas. Y las carreras de fondo, y las de relevos, y las de saltos. ¡Hay que llenar como sea el tiempo de los refugiados! Hay que conseguir que sus cabezas dejen de pensar una y otra vez en lo que han sufrido, en lo que están padeciendo. Hay que introducir nuevos temas en las conversaciones de los corros. La gente vive aplastada, atemorizada, obsesionada. Necesita algún respiro. Necesita elevar su esperanza. Todo esto es caridad. Todo esto es solidaridad inmensamente humana.

El hermano Miguel Ángel murmura: «Señor de la esperanza», «Madre de la reconciliación».

Capítulo cuatro

El hermano Kalisa, superior provincial del Zaire, los había visitado en días cercanos a la Navidad. Las noticias que facilitó a Servando y Miguel Ángel reavivaron la esperanza en la misión de Bugobe. Les comunicó que, por fin, el presidente Mobutu y su gobierno se habían puesto de acuerdo, y que el mariscal y el primer ministro Kengo daban por no intimado el ultimátum. El 31 de diciembre dejaba de ser la fecha fatídica que ponía término, inexorablemente, a la permanencia de los refugiados en los campos del Zaire.

Kalisa les comentó, además, que esta nueva disposición de las autoridades zaireñas respondía, según se decía, a numerosas presiones de la comunidad internacional; aunque la verdad era bastante distinta. Había habido presiones, ciertamente; pero ni Mobutu ni su gobierno habrían sido sensibles al «tolle, tolle» internacional si los países del rico Occidente no les hubieran estimulado a la benevolencia con «una gran cantidad de millones de dólares».

Servando, en carta escrita a mediados de este mes de diciembre de 1995, comenta: «Por el momento parece que nos van a dejar en paz. Es una estupenda noticia para los refugiados. Ahora, parece, que todos están de acuerdo aquí, en el Zaire, en que los refugiados entren en Ruanda, pero que podrán entrar cuando lo deseen».

Había, pues, un respiro para la esperanza. Los refugiados de Nyamirangwe volvían a estar tranquilos. El nerviosismo, rayano en la histeria, que se había ido apoderando de los refugiados según se acercaba en el calendario la Nochevieja, cedía por momentos y daba paso a la distensión de los espíritus. Parecía como si, con las nuevas esperanzas de futuro, renaciesen las ganas de vivir.

Los misioneros compartían con «los suyos» estas horas de confianza que dejaban atrás las sufridas de desasosiego y temores. Pero al hermano Servando, en medio del bullicio y la jarana que llenan el campo de los refugiados, le sale el realismo austero del castellano que es, y comenta, malicioso y crítico, que el Zaire volverá a las andadas, que amenazará de nuevo con la repatriación, en cuanto tenga ganas —o necesidad— de más dinero. «Los refugiados seguirán siendo moneda de cambio para los intereses de unos y de otros.» «Es la versión de estos días», concluye. Por el momento, sin embargo, ¡a gozar de la renacida esperanza!

A Miguel y Servando —les da hasta vergüenza reconocerlo— les ha tocado «la lotería», la mejor que podían soñar. No el gordo del 22 de diciembre, que bien les hubiera venido para comprar más ropa y más comida para los hambrientos y desnudos de su «nueva familia». El premio que les ha caído en suerte no pasa de una modesta pedrea, visto desde aquí. Desde la misión de Bugobe, por el contrario, es un premio que colma viejas aspiraciones y da respuesta a una necesidad muy sentida. El hermano Jeffrey, consejero general de la congregación, los ha visitado del 8 al 15 de enero del nuevo año 1996 y los ha obsequiado con un teléfono vía satélite. «Romperá nuestro aislamiento e incomunicación», escribe Servando.

Siempre se había sentido en Bugobe la necesidad de contar con algún medio técnico que les posibilitara la relación con las comunidades de España, con la Casa general de Roma o, simplemente, con las comunidades de la propia África. Cada vez que les urgía una comunicación tenían que trasladarse a Bukavu. Cuando necesitaban recibir alguna respuesta, tenían que pedir el favor a los Padres Blancos o a los Misioneros Javerianos en cuyas casas tenían instalado el fax. Una auténtica lata que les ocupaba muchas horas y les obligaba a muchos trasiegos.

Pero no era tanto esto de tener que andar de aquí para allá, molestando a medio mundo, lo que les preocupaba. No. Era la sensación de soledad, de aislamiento, de estar perdidos por ahí, como dejados de la mano, si no de Dios, sí de los hombres. Se sentían desligados del resto del mundo. Ya era mucho que no pudiesen contar ni con periódicos, ni con semanarios, ni con revistas para seguir la marcha de los acontecimientos. Mucho, que la correspondencia les llegara toda de golpe porque se les había amontonado en Bujumbura a la espera de que algún misionero amigo se la llevara hasta Bukavu. Mucho, que las cartas y las publicaciones estuvieran en sus manos y ante sus ojos a un mes largo de la puesta en el correo o de su entrega a la valija diplomática de la embajada de

España en Kinshasa. Se estaban acostumbrando a estas demoras. Lo que les dolía era el día a día, esa oculta sensación de estar entre el cielo y la tierra abandonados a su suerte. ¡Vaya que si era una buena lotería la que les traía el hermano Jeffrey!

La que les prometía traerles, más bien. El aparato había sido retenido en la aduana y por experiencia sabían, tanto Miguel como Servando, que les tocaría dar muchas vueltas y mover muchos hilos, además de tener que soltar algunos dólares, antes de que el premio estuviese en sus manos. «Podréis llamarme cuando queráis, sin ningún problema», escribe Servando, alegre y feliz. Y añade no menos feliz y alegre: «Esperamos también el fax».

Era una nueva esperanza; chiquita, si se quiere; portadora de vida para la comunidad de Bugobe. Y eso era muy importante.

Ocurrió, sin embargo, como con el cuento de la lechera. Con la fábula, más bien. La aduana se mostraba inflexible y no había manera de desbloquear su negativa a permitir el paso del soñado teléfono. Cuando escriba Fernando de la Fuente sus primeras impresiones acerca de la misión, dirá: «Estamos desconectados del mundo, pues no tenemos teléfono. Se ha intentado conseguir uno que se conecta directamente con el satélite, pero ha sido imposible pasar la aduana». Y añade: «El fax no lo podemos activar, la televisión no llega y sólo la radio nos ubica un poco en el día que estamos y en lo que acontece en el mundo, de forma muy parcial». Este lamento lleva fecha del 2 de marzo del 96. ¡Hasta finales de septiembre no podrían tener el dichoso teléfono!

Se mantenía, pese a todo, la esperanza. Por si fuera poco todo lo que se traían entre manos en aquellos finales del año 95, se los invita a embarcarse en una nueva aventura. Como siempre se habían venido quejando de que los organismos internacionales no estaban por la labor en cuanto a la educación de los niños, chavales y jóvenes, Cáritas Bukavu se había puesto al habla con Cáritas Española —con Jesús Jáuregui, concretamente— y con el SRJ o Servicio de los Jesuitas para los Refugiados. Andaba de por medio en todo esto el jesuita español padre Mateo Aguirre. Se trataba, dicho a grandes rasgos, de que los maristas asumieran oficialmente la responsabilidad de toda la educación en el campo de Nyamirangwe, aunque el protocolo de traspaso de poderes desde la Cruz Roja Internacional a

los hermanos estaría suscrito por Cáritas Bukavu, por diversas razones de carácter jurídico. Los maristas, además de aportar el trabajo, tendrían que contribuir con al menos cuatro mil dólares cada mes.

Se alcanzó, lógicamente, un acuerdo. La educación de los muchachos y la animación sociocultural del campo iban a quedar garantizadas mucho mejor que antes, y aunque Miguel y Servando estaban ya a no poder más, su carisma de educadores se imponía sobre cualquier otra consideración. Con esta nueva responsabilidad aportaban un plus de esperanza a los refugiados. Y esta nueva esperanza era lo que más contaba en aquellos momentos. ¡Menos mal que el navarrico Miguel Sanz estaba ahí, con ellos, para echarles una mano! Lo haría sólo durante un trimestre, según las disposiciones de sus superiores; pero para entonces —así lo esperaban— ya habría llegado Fernando de la Fuente.

Quedaba por afrontar el grueso problema de la reconciliación. Si la primera parte de la jaculatoria de Miguel Ángel —«Señor de la esperanza»— había sido oída, la segunda —«Madre de la reconciliación»— era todo un desafío.

Los hermanos tenían ante sus ojos un extenso informe escrito por el sacerdote zaireño Pierre Cïbambo, responsable diocesano de Cáritas Bukavu, amigo de ellos. No les aportaba, a decir verdad, nada nuevo; nada que no supieran. Servía, con todo, para reafirmarlos en el juicio que se habían formado sobre la situación por lo que veían y oían en Nyamirangwe. Por lo que detectaban de los movimientos propagandísticos de los milicianos hutus. La reconciliación entre las dos etnias de Ruanda se les antojaba por el momento imposible, y tal era el sentir del informe.

Contaba éste que las nuevas autoridades de Kigali andaban proclamando en público y con sospechosa reiteración que el país estaba dispuesto a acoger a todos los refugiados e incluso a reinstalarlos adecuadamente a razón de unos veinte mil por día. Era un apetitoso anzuelo, sin duda; pero la inmensa mayoría de los refugiados se resistía a picar en él. Había habido algunas que otras repatriaciones por el mes de octubre y, según parece, del orden de unas mil quinientas por día. Se trataba de refugiados del norte de Kivu, próximos a Goma. Las repatriaciones habían sido voluntarias de acuerdo con los comunicados oficiales. El abate Cïbambo se había permitido entrecomillar la calificación de «voluntarias». Miguel y Servando asentían con la cabeza a medida que avanzaban en la lectura del texto.

El informe presenta a renglón seguido la postura más generalizada entre los refugiados. «Todo el mundo admite que la única solución del problema es el regreso a Ruanda. Ellos mismos dicen a quienes quieran escucharlos, que desean regresar a su país.» Pero exigen unas mínimas garantías, sin las cuales «bastantes dicen estar dispuestos a morir en el Zaire antes de entregarse en manos del Frente Patriótico Ruandés. Nadie hay, sin embargo, capaz de ofrecerles seriamente unos mínimos de seguridad. Ni las autoridades de Kigali ni el Alto Comisionado de Naciones Unidas para los Refugiados. Éste asegura que en el interior de Ruanda «todo va bien», a pedir de boca, por lo que respecta a los que han regresado al país;

pero cuando se le pide información concreta sobre algunos de los retornados, no sabe qué responder.

Dice también el Alto Comisionado que la ONU acompañará a los que retornen hasta instalarlos en sus colinas de origen; pero los responsables de este organismo internacional hacen mutis por el foro cuando los refugiados les presentan el inconveniente de que sus antiguas casas y sus antiguas tierras, en las colinas, están ocupadas ahora por los tutsis vencedores.

Los refugiados, además, no se creen lo del acompañamiento. Saben —y son informaciones contrastadas de última hora— que treinta y ocho ONG han sido expulsadas de Ruanda el pasado 8 de diciembre por no haberse sometido a las «normas» del Gobierno de Kigali. Y, por si esto fuera poco, ¿en qué ha quedado el proyecto —y la promesa— del Alto Comisionado de visitar a los retornados para ver cómo se encuentran de nuevo en su país?, ¿y en qué el proyecto —y la promesa— de traer a los campamentos del Kivu a representantes del Gobierno ruandés, para un diálogo con los representantes de los campos de refugiados? «Parece —dice el texto— que existen obstáculos por parte de Ruanda para que estas visitas de conocimiento de la realidad de Ruanda se materialicen.» Pero, cierta o no esta oposición del Gobierno ruandés, lo cierto es que las visitas no han tenido lugar ni se prevé que puedan llevarse a cabo en un tiempo prudencial.

No hay garantías igualmente por parte de los nuevos gobernantes de Ruanda. Dicen que acogen y aceptan a los que retornan y piden dinero a la comunidad internacional para instalar adecuadamente a los que vuelven; pero, tal y como lo denunció el pasado 6 de octubre el arzobispo de Bukavu, monseñor Christophe Munzihirwa —nombre para retener por lo que ocurrirá poco después—, «este discurso está dicho para la opinión pública internacional. El dirigido al interior del país, pronunciado siempre en la lengua kinyaruanda, desprecia a los refugiados y los insulta gravemente». Más aún: «Se ha constatado —sigue diciendo el arzobispo— un endurecimiento político. Los ministros partidarios del diálogo con los refugiados han sido destituidos».

¿Más? Sí, mucho más. Y también esta denuncia procede de la pluma del arzobispo. Miguel Ángel y Servando tienen el texto ante sus ojos. En la localidad de Kibeho, en el mismo interior de Ruanda, ha habido una terrible carnicería. Han sido asesinados miles de desplazados hutus. «Un alto responsable de la Minuar —misión de la ONU para controlar la situación en Ruanda— ha sido testigo del enterramiento en fosa común de 4 054 víctimas. Y en los días y semanas sucesivos, miles de personas, acorraladas, han muerto de extenuación y por la violencia.» «Han muerto —comenta el arzobispo— en medio de la indiferencia general.»

¿Más aún? Sí. El arzobispo evoca la matanza de ciento once personas, en su mayoría mujeres y niños, que tuvo lugar en Kanama, localidad ruandesa. «Fue una masacre nocturna, injustificada», dice, que hasta el mismo gobierno de Kigali ha reconocido. Pero no con la intención de deplorar ese masivo asesinato, sino con el propósito de enviar un mensaje terrorífico a los refugiados: «Si entráis, he ahí la suerte que os espera».

Los refugiados concluyen de todo esto que «la paz no ha vuelto a las colinas», que «el ejército es omnipresente en ellas», que «las desapariciones y expropiaciones continúan», que «los hombres viven escondidos y no se atreven a reemprender ningún trabajo». En tales condiciones, los refugiados comentan con amargura: «Se nos pide escoger entre la peste y el cólera, entre la vida miserable en los campos o la muerte casi segura en nuestra patria».

Queda por analizar el comportamiento de las autoridades del Zaire. El informe del padre Pierre Cïbambo no es nada complaciente para con los que gobiernan su propio país. Entiende que Kinshasa mantiene a un mismo tiempo dos discursos contradictorios. Uno va dirigido a la población zaireña y le dice que el espinoso asunto de los refugiados ruandeses va a ser resuelto mediante la repatriación de buen grado o por la fuerza. El pueblo zaireño está cansado de soportar el peso y el peligro que para la paz interior del país representa esa masa innumerable de extranjeros que ha entrado más allá de sus fronteras y que parece estar dispuesta a prolongar sin término su estancia. El Zaire acogió a los refugiados, si no con complacencia, sí con benevolencia. El pueblo, por un elemental humanitarismo; las autoridades, por complicadas razones políticas. Pero los ánimos han ido variando y también los intereses. El Gobierno asume el sentir más generalizado de la población zaireña y reitera que se ha de cumplir el ultimátum: el 31 de diciembre, punto final. Por fas o por nefas.

El mariscal Mobutu, con la vista puesta en la opinión pública internacional, se manifiesta últimamente con tono muy distinto. Dice que le complacería mucho que los refugiados retornaran voluntariamente a Ruanda, pero a renglón seguido sugiere que, si no ocurre el retorno, él no pasará a imponerlo porque comprende las muchas y graves reservas que mantienen los acogidos en los campos. Al manifestarse con este criterio, consigue dorar su imagen pública de político humanitario, al tiempo que castiga con un buen varapalo a las autoridades tutsis de Ruanda.

Dice más. Lanza al ruedo la iniciativa de levantar los actuales campos de refugiados. Sus instalaciones tuvieron que ser improvisadas y se han ido, incluso, deteriorando gravemente con el paso del tiempo. Y dice verdad. Pierre Cïbambo, en una nota a pie de página, informa que, por falta de higiene en los campos —concretamente porque ya no hay lugar para hacer nuevas letrinas y nuevos depósitos de basura— se está produciendo una epidemia de paludismo. Unos campos nuevos, mejor estructurados, con notables mejoras en cuanto a electricidad, agua potable y servicios de todo tipo, serían su ideal, el de Mobutu. Para garantizar la seguridad de los refugiados, además, las nuevas instalaciones tendrían que alzarse a unos ciento cincuenta kilómetros de la frontera con Ruanda y Burundi, Zaire adentro. ¿Hay quien dé más?, parece preguntar el mariscal que, con esta iniciativa tan humanitaria, trata de abrir una brecha en el muro con el que la diplomacia mundial mantiene al Zaire como en cuarentena por su despotismo, sus abusos, su violación sistemática de los derechos humanos, su resistencia a traer la democracia a su país. ¿Por qué seguir tratando a un hombre tan comprensivo y compasivo como si se tratara de un apestado?

Éste es el desafío que Mobutu arroja a Occidente. Éste de devolverle el buen nombre y el de... financiar toda la operación. Si no hay dinero, no habrá contento. Pero la responsabilidad recaerá, no sobre él, sino sobre los países desarrollados.

Y así es cómo, a la chita callando, un problema radicalmente humano se transforma en un problema radicalmente económico. Mobutu exige dólares. El coronel Kagamé, que se ha enseñoreado de Ruanda por la fuerza, pide dólares. El Alto Comisionado de las Naciones Unidas para los Refugiados se aviene a la repatriación, aunque sea forzosa, porque no tiene dólares ni voluntad de seguir molestando con sus peticiones económicas a los países que financian su trabajo.

El informe del padre Pierre Cïbambo, cuya lectura están terminando Miguel Ángel y Servando, concluye melancólicamente: «La situación de los refugiados es dramática desde el momento y hora en que tanto los unos como los otros los están tratando cual monedas de cambio».

La frase impacta a los dos misioneros. Ellos dos, tan sensibles a las urgencias y a la dignidad del hombre, advierten en un abrir y cerrar de ojos el grado de deshumanización a que se ha rebajado el caso de los refugiados, de «los suyos», de «su nueva familia». En sus cartas volverán en varias ocasiones sobre esta amarga y humillante frase del informe...

Este informe del director de Cáritas Bukavu —que resultará tristemente profético— deja caer, como de paso, unas advertencias inquietantes. Las mismas o muy parecidas a las que el arzobispo expone al Alto Comisionado de las Naciones Unidas para los Refugiados.

La primera de todas, y la más grave, es que en toda la región de los Grandes Lagos puede llegarse a una situación de guerra. La segunda, que puede originarse un «problema palestino» en las fronteras del Zaire, de Ruanda y de Burundi. La tercera, que las víctimas no van a ser únicamente los pobres refugiados sino también la población local zaireña. La cuarta, que el intercambio de acusaciones y amenazas entre Kinshasa y Kigali es ya el prólogo de un estallido próximo. La quinta, que los soldados zaireños no viven más que para el pillaje y el robo, porque sólo con el robo y el pillaje pueden seguir viviendo, dado que no reciben su

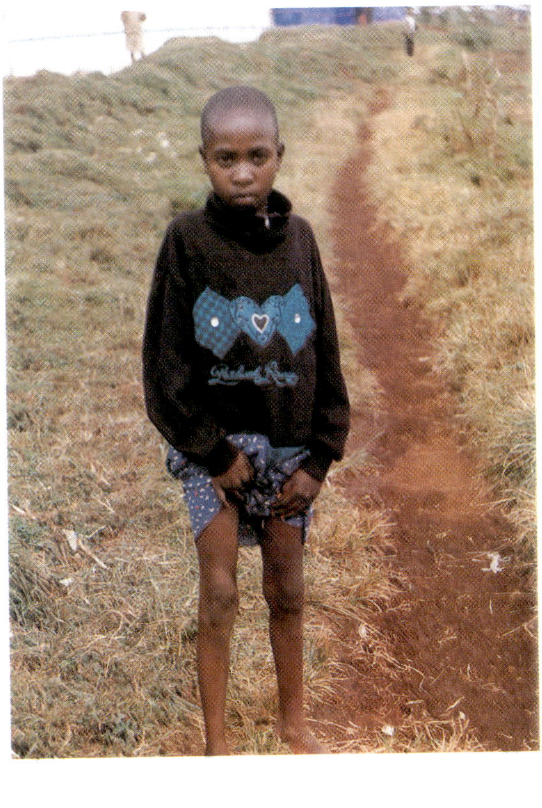

soldada. Y la sexta y última, que es de muy mal agüero que los funcionarios de los organismos internacionales tengan ya dispuestas una serie de medidas para su evacuación rápida y segura en caso de desbordamientos o conflictos; a lo que se añade que algunos de estos funcionarios están amenazando con suspender sus servicios en los campos, si no se garantiza mejor su seguridad personal. El informe concluye: «En este país hay gente cuya vida vale muy cara y otra cuya vida no vale la pena vivirla, no vale nada».

No termina aquí, por el contrario, la carta del arzobispo. Desgraciadamente, monseñor Munzihirwa comparte la idea central del informe: «La situación es explosiva. Hay urgencia. Y porque la urgencia está llegando a su límite, lanzo una nueva llamada». Dice: «La verdadera solución a este doloroso problema sólo puede venir de las negociaciones políticas entre el poder de Kigali y los numerosos representantes dignos de los refugiados que esperan y desean la reconciliación. Es indispensable —dice también— que la comunidad internacional ejerza presiones concretas en este sentido, para asegurar el regreso de los refugiados dentro de la dignidad y la seguridad. Además, es indispensable que el Alto Comisionado, en colaboración con las autoridades zaireñas nacionales y locales y el Programa Alimentario Mundial, continúe asegurando sus responsabilidades en el Zaire, en los campos de refugiados, y en Ruanda en los campos de tránsito, sobre todo en los centros de clasificación de los refugiados. La paz en la región tiene este precio».

Este llamamiento del arzobispo y las advertencias del informe del director diocesano de Cáritas Bukavu caerán en el vacío. Como tantos otros informes y llamamientos anteriores. Y como tantos otros, ¡ay!, que vendrán después en vano.

Servando y Miguel Ángel no abrigan excesivo optimismo. «Aquí puede pasar de todo en el momento que menos lo esperes.» «La mayoría de los refugiados piensa que la guerra es inevitable», escriben en este mes de diciembre. «No sabemos ni cuándo ni cómo se va a producir el desenlace», dicen remachando el clavo.

Pero, si no optimistas, sí pueden y quieren ser fieles a la misión que se les ha confiado. Fieles a los refugiados. Fieles a la causa de la justicia y de la paz. A la necesaria promoción de la reconciliación. «Madre de la reconciliación», rezan —una vez más— con la jaculatoria acuñada por Miguel Ángel.

Y siguen trabajando. Se les ilumina un tanto el horizonte cuando comienzan a oir que Fernando de la Fuente va a llegar de un momento a otro para incorporarse a la comunidad. Se habla igualmente de otro hermano español que se les unirá en breve. Se barajan, además, los nombres de algunos hermanos zaireños y es posible que se esté pensando en fortalecer el grupo con algunos hermanos del país, porque un buen día reciben la visita del superior del Zaire, el hermano Kalisa. Viene de Ruanda, nación a la que puede entrar y de la que puede salir sin dificultad alguna porque, aunque de nacionalidad zaireña, es tutsi. Esperan ansiosos, esperanzados, esta visita. «Pero no cuenta nada», anota Servando un tanto decepcionado. Con suma prudencia y gran miramiento se limita a comentar: «Estos asuntos son difíciles de comprender. Ni siquiera nosotros nos hacemos una clara idea».

Alguna, sí, pese a todo. La división de los espíritus es innegable. Salta a la vista. De las páginas más tristes y dolorosas que escribe Servando, sobresalen las que comentan que la división ha alcanzado al mismo corazón de la Iglesia en Ruanda. Se expresa en ellas con exquisito cuidado, con extremada solicitud. También, sin embargo, con realismo. Resulta duro leerlo. Dice:

«Es realmente triste que este clima de división y falta de unidad se está viviendo también en el seno mismo de la Iglesia católica. Divisiones étnicas y falta de reconciliación entre los ministros de la Iglesia. Mientras tanto, la Iglesia, que había sido un elemento de unidad y reconciliación, ha perdido la confianza de la población. Y lo mismo que a los demás sectores de la sociedad, se la acusa de cómplice de la situación».

Servando había advertido muy pronto este grueso problema. El texto citado lleva fecha del 15 de julio de 1995. No ha transcurrido ni siquiera un mes desde su llegada a Bugobe. Por lo visto, algo o mucho han tenido que relatarle los seis hermanos ruandeses de la comunidad. Algo, igualmente, habrá podido captar en el campo de refugiados. No sería mucho, ciertamente, porque Servando no conoce aún lo más elemental de la lengua de los refugiados y ha de entenderse con la gente en francés —que los refugiados no dominan— o por medio de algún intérprete. No habrá podido, pues, hacerse con demasiados detalles, pero sí con los suficientes como para empezar a interesarse vívamente por este asunto. Está de por medio el desafío de trabajar —y de soñar— por la reconciliación entre hutus y tutsis.

Hacia el mes de diciembre, por esto, volverá a abordar este asunto en otra de sus comunicaciones:

«Estamos en Adviento y debemos creer que la salvación es posible. Humanamente parece imposible la reconciliación del pueblo ruandés. Por el momento. La Iglesia, empezando por su jerarquía, no se libra de la división. Las listas de gente acusada de genocidio están llenas de curas. En la inmensa mayoría de los casos las acusaciones son falsas. Pero lo grave es que los curas hutus que están aquí —se refiere al campo de refugiados— dicen que esas listas son hechas por curas tutsis que están en Ruanda. Nosotros, los maristas, no tenemos, gracias a Dios, estos problemas de división; pero la oposición hutu-tutsi se ha radicalizado de tal modo, que parece que toda persona de otra raza es un enemigo por el mero hecho de ser de la otra etnia. En todo caso, este problema es dificilísimo de entender y parece que más aún de solucionar».

A finales de febrero de este 1996, los hermanos del distrito de Ruanda celebran una asamblea en Molo, Kenia, a la que asiste para presidirla el hermano Benito Arbués, superior general, con varios de sus consejeros. También participan en la reunión los hermanos Servando y Miguel Ángel. En la declaración final, la asamblea afirma que los reunidos han conocido sus «diferencias y sus límites» en los análisis de la situación y el compromiso, por todos asumidos, de «estar cerca de todos los ruandeses para edificar una sociedad más justa y más fraterna».

La asamblea resultó una maravilla de fraternidad y de comunión entre los hermanos. Servando, en carta dirigida a su provincial, Ramón, de la Bética, da cuenta, jubiloso, del magnífico clima que reinó entre todos. «Nuestra asamblea ha sido un regalo de Dios para todos los hermanos. Ciertamente, entre la profundísima división de las dos etnias ruandesas, hemos podido experimentar que Dios es capaz de hacer que entre los hermanos reine un gran ambiente de fraternidad y de aprecio mutuo. Uno se siente orgulloso de ser hermano marista al ver, en contraste, la gravísima división de la Iglesia ruandesa. Creo que somos un signo de unidad y de reconciliación para todos.»

Servando, dicho esto con sincero agradecimiento, no deja de ser realista. Añade: «Hay grandes diferencias de pensamiento e interpretación de los hechos. Las heridas que todos llevan dentro son increíbles. Hemos escuchado escenas espeluznantes que los hermanos han vivido... Cada etnia ve las cosas desde su punto de vista. Lo cierto es que las familias de los hermanos tutsis han sido brutalmente exterminadas. También algunas de los hutus. La angustia que los hutus deben vivir ahora es inimaginable. Pero, aparte estas diferencias que hay que aceptar y vivir con ellas, los hermanos realmente se quieren y se aprecian, y están decididos a caminar en la unidad y a trabajar por la reconciliación.»

Esto escribe. Podía haber dicho algo más. Podía haber contado cómo en las horas más angustiosas del 94 —e, incluso ya desde 1990—, los hermanos hutus habían protegido a los hermanos tutsis y éstos a aquellos. Podía haber comentado que el mantenimiento de esta comunión fraterna —única respuesta cristiana a los desafíos de la situación— había sido propiciado por los superiores del Instituto. Una circular, por ejemplo, del 2 de agosto de 1995, escrita por el hermano Spiridion, superior regional, llevaba el signifi-

cativo título de *Llamamiento a la unidad y a la reconciliación*. En ella se glosaban algunos principios doctrinales sobre lo que para el cristianismo significa la obra de perdón y de reconciliación; y se subrayaba el espíritu de familia o de comunidad que caracteriza al carisma de los hermanos maristas.

Cabe comentar, al leer a Servando, que en su carta se desmarca no poco de un punto de vista muy extendido en Europa, según el cual el genocidio del 94 fue llevado a cabo exclusivamente por los hutus. La referencia que hace a que también «algunas familias de los hutus» fueron exterminadas trata de encontrar un punto de equilibrio. El mal no fue obra sólo de una de las dos etnias; fue un crimen compartido y la responsabilidad de lo ocurrido ha de ser atribuída a ambos bandos.

Servando trata de superar el hecho de que «cada etnia ve las cosas desde su punto de vista». Porque, a falta de esta superación, la reconciliación no es posible.

Con su carta a Ramón, el hermano Servando envía adjunto un texto fechado el 30 de enero de 1996.

Un texto de hace justo un mes antes. Está suscrito por el arzobispo de Bukavu, el valiente y esforzado arzobispo Munzihirwa, jesuita zaireño, y está dirigido al ex presidente de los Estados Unidos, Jimmy Carter, quien, al frente de la fundación que lleva su nombre, está intentando la reconciliación en Ruanda.

El documento afronta dos problemas, a cual mayor: el de la repatriación de los refugiados, por un lado, y, por otro, el de las masacres —que califica de «masivas» en el encabezamiento mismo del texto— que se están produciendo actualmente en el interior de Ruanda.

No hay mucho de novedad en la primera parte del escrito; no mucho, al menos, para los misioneros de Bugobe, presentes y activos en el campo de Nyamirangwe: «condiciones de vida muy difíciles», «situación dolorosa», «atención alimentaria y médica insuficiente». La perspectiva de una repatriación forzosa y el cierre progresivo de los campos suscita «una viva inquietud». Los interesados se niegan a volver a Ruanda y entienden que si se lo imponen a la fuerza, la repatriación estará violando «el derecho de los refugiados».

Hay, con todo, tres apuntes originales e interesantes. El primero subraya que los refugiados se sienten «despreciados» y que lo están siendo realmente en muchos medios de comunicación social. El segundo afirma que los refugiados, en su inmensa mayoría, «no son culpables» sino más bien «víctimas de los extremistas». El tercero que el Alto Comisionado se niega a hacerse cargo de los enfermos afectados por la tuberculosis y por la diabetes.

La segunda parte de este escrito a Carter es explosiva. Dinamita pura. Reflejo, por desgracia, de lo que está ocurriendo en el interior de Ruanda. Parte de que, en línea de principio, los refugiados tienen que retornar a su país y que es justo que el Zaire pida este retorno. Pero, ¿cómo podrían hacerlo, se pregunta, sino a riesgo de perder su vida? «Masacres y desapariciones de gran amplitud se están produciendo actualmente en Ruanda. Algunas personalidades ruandesas que han salido últimamente del país han dado su voz de alerta a la opinión pública internacional.»

El arzobispo desciende a detalles muy concretos. Dice saber de fuente segura que numerosos oficiales del Ejército Patriótico Ruandés (APR), acuartelados en el parque de Akagera y protegidos por el poder, están encargados de llevar adelante, en todo el territorio nacional, las desapariciones de personas; y que la planificación de estas desapariciones y de estas masacres apuntan prioritariamente a los intelectuales hutus.

Cuenta igualmente que son «abominables e incalificables» las condiciones en que se encuentran las personas detenidas; que la mayoría de las detenciones son arbitrarias; que entre los arrestados figuran miles de mujeres y niños, que todo el mundo tiene conocimiento de estos hechos. Los detenidos no son juzgados. Viven «amontonados», se los obliga a estar de pie. «Los prisioneros tienen los pies que se les pudren.»

Más cargos: varios países —entre ellos Bélgica con cincuenta millones de francos— han enviado ayudas para la organización del sistema judicial en Ruanda. «Esta ayuda no ha sido aplicada a su objetivo: ha sido desviada hacia otros. Probablemente —indica— a la adquisición de armas.»

El arzobispo suma su voz a otras muchas que vienen pidiendo la apertura de una investigación internacional sobre las masacres que ocurren hoy en Ruanda; sobre las que comenzaron a producirse ya en octubre de 1990; sobre las condiciones de las detenciones que miran a «una purificación étnica»; sobre la planificación elaborada de detenciones y masacres. Y pregunta algo que, no por estar en la calle, deja de ser impresionante. Pregunta: «¿No hay una intención evidente de aniquilar parcialmente al grupo de los hutus y, con toda seguridad, a todos sus intelectuales?» Ocurrió ya, recuerda el arzobispo, en el Burundi de 1972 y está sucediendo hoy en ese país.

Con la libertad e independencia de espíritu de quien no persigue intereses ocultos ni trincheras partidistas, Munzihirwa llama al ex presidente Carter a mirar cara a cara las responsabilidades que tiene Norteamérica en este inmenso problema. Los Estados Unidos, le dice, han aportado una ayuda financiera importante al Gobierno de Kigali y le han suministrado ayuda militar. Unos cincuenta instructores americanos están hoy contribuyendo a la instrucción de los soldados del Ejército Patriótico Ruandés. Pues bien: en la noche del 6 al 7 de noviembre de 1995, los soldados del mentado ejército ruandés se sirvieron del material bélico y logístico entregado por los Estados Unidos para atacar a los pobres campesinos hutus, que viven en la isla de Iduaua, territorio de soberanía ruandesa, vecino de Goma. El ataque, que no estaba en modo alguno justificado, ha causado numerosas víctimas inocentes entre la población y no es más que un pretexto el que se diga ahora que se trataba de castigar a refugiados en el Zaire decididos a atacar Ruanda. Y el arzobispo pregunta a Carter, sin andarse con rodeos: «¿Qué juicio le merece la ayuda de los Estados Unidos, que se utiliza para masacrar a poblaciones civiles inocentes?».

La carta del arzobispo pone definitivamente el dedo en la llaga cuando, a continuación, va a interpelar a Carter sobre la cuestión de fondo, la verdadera cuestión de fondo, la que deja al descubierto a los políticos estadounidenses. Mientras éstos se manifiestan pública y oficialmente como apasionados defensores de los derechos humanos, no tienen, luego, reparo alguno en prestar su apoyo a regímenes que aplastan sistemáticamente la dignidad de sus presuntos adversarios. La pregunta del arzobispo suena así: «¿Cómo se justifica la ayuda americana a un régimen político que practica una gestión totalitaria del poder —violando flagrantemente los acuerdos de Arusha— al imponer el terror y al planificar las masacres?».

No cabe la coartada de invocar ignorancias de lo que está ocurriendo en Ruanda. Las agencias internacionales de información hicieron público el mencionado ataque contra los inocentes campesinos de la isla de Idawa. «Usted tiene que conocerlo, sin duda alguna», le dice al ex presidente. Y los cincuenta instructores militares, presentes en Ruanda, ¿no comunican nada al Gobierno de los Estados Unidos sobre el carácter totalitario de las autoridades de Kigali y sobre sus sistemáticos abusos de poder contra los derechos humanos?

Monseñor Munzihirwa agradece muy cordialmente el compromiso de Carter de trabajar por traer la paz a la región de los Grandes Lagos. «Os habéis comprometido —le dice— con un cometido muy difícil. Os lo agradecemos vivamente.» Pero a la paz no se llega sólo con buenas intenciones. El camino hacia la paz requiere que se vayan dando pasos concretos y que se tengan claros algunos criterios.

Para el arzobispo hay dos criterios base. El reconocimiento del derecho que asiste a los refugiados de volver a sus países en dignidad y con garantías de seguridad es el primero. El segundo que el problema ha de resolverse por medio de negociaciones políticas en Ruanda. Estos dos criterios son tan fundamentales que toda la ayuda internacional a la reconstrucción de Ruanda ha de estar condicionada al cumplimiento satisfactorio de los mismos. Es ésta una condición preliminar, inicial. «No», pues, a la razón de la fuerza. «No», pues, a la sinrazón de la repatriación forzosa.

Para terminar su alegato, el arzobispo resume en cuatro puntos los pasos que han de recorrerse para alcanzar la paz.

«Se ha de abrir —dice— una investigación internacional sobre las masacres que se están llevando a cabo actualmente en Ruanda; masacres que algunos observadores califican ya de 'genocidio rampante'.

Se ha de revisar la ayuda financiera y militar de los Estados Unidos; y condicionarla, sin duda alguna, a que se respete el derecho que todos tienen a la vida.

El Alto Comisionado de las Naciones Unidas para los Refugiados y el Programa Alimentario Mundial han de tener en cuenta las condiciones en que viven en los refugios y la angustia de los acogidos ante una repatriación forzosa. La situación es tal —dice— que podría dar lugar a enfrentamientos en las fronteras y a choques con los habitantes nativos del Kivu.

Por último, la paz en Ruanda y la paz en toda la región de los Grandes Lagos presupone la apertura de negociaciones políticas entre el poder de Kigali y los representantes de los refugiados que desean la reconciliación.»

Con esta última frase el arzobispo está apartando de la mesa de las negociaciones a los milicianos *interahamwes* y a los restos del vencido ejército del anterior Gobierno de Ruanda.

Los hermanos de la misión de Bugobe podrían suscribir punto por punto este alegato de su arzobispo. Al hacerlo, tanto el prelado como los misioneros, estarán suscribiendo su sentencia de muerte. Sus asesinos serán, indistintamente, tutsis o hutus. Los elementos más exaltados de ambas etnias enemigas tendrán sus buenos motivos para acallar una voz imparcial —y por eso reconciliadora— que denuncia el recurso a la fuerza de las armas. Los tendrán también contra los misioneros maristas que se levantan contra la repatriación forzosa y que se distancian de la propaganda belicista llevada a cabo, incluso en el campo de Nyamirangwe, por los *interahamwes*.

Caerán sin vida, el arzobispo, primero, los hermanos maristas, poco después, como mártires de la reconciliación.

Capítulo cinco

TODOS los protagonistas del drama que se avecina están presentes, evocados, aludidos, en la carta que recibe el señor embajador de los Estados Unidos en Kinshasa, capital del Zaire. La carta está escrita por el arzobispo de Bukavu y fechada el 18 de abril de 1996. Recapitula el contenido de la larga conversación que veinticuatro horas antes habían mantenido el remitente y el destinatario de este texto.

Están, antes que nadie, los refugiados hutus ruandeses que, en unos pocos meses, van a protagonizar uno de los más impresionantes éxodos —si no el mayor— de los que tiene memoria la historia de la humanidad.

Están los soldados del Ejército Patriótico Ruandés, que, no satisfechos con la fulminante victoria de junio de 1994, se preparan a extender el conflicto más allá de las fronteras de su país y que, en el interior, obedecen puntualmente las órdenes de sus autoridades de Kigali, con las miras puestas en la sistemática eliminación de los líderes hutus más significados del interior del país.

Están los militares zaireños que han sido desplazados a la región de los Grandes Lagos, calificada como «zona de operaciones» por el mariscal Mobutu.

Están las grandes potencias occidentales que dan por bueno y por legítimo al nuevo Gobierno de Ruanda, que lo están apoyando con sus ayudas económicas e, incluso, en determinados casos, con sus ayudas en armamento, sin parar mientes en los orígenes puramente bélicos del nuevo régimen ruandés ni en la naturaleza totalitaria y genocida del mismo.

Están los miembros, procedentes de varias naciones, que conforman el Tribunal Internacional de Justicia, con sede en Arusha, y que ha de juzgar con todo derecho a los responsables del genocidio del 94. Sin embargo, este tribunal parece inclinado a sentar en el banquillo de los acusados, unilateral y parcialmente, sólo a los hutus, en tanto los genocidas tutsis quedan impunes.

Están, más aludidos indirectamente que citados de modo expreso, los milicianos *interahamwes* y los restos, importantes aún, de las derrotadas Fuerzas Armadas Ruandesas, de los cuales cabe temer que intenten reanudar la guerra en el país del que tuvieron que huir.

No están, sin embargo, y es bien curiosa esta omisión, los guerrilleros *banyamulengue* que, en el norte de Kivu, se están adiestrando para la guerra contra el poder ignominioso de Mobutu, al que quieren derrocar, según dicen. No es fácil de entender esta preterición del arzobispo Munzihirwa, explicable tan sólo, y como mucho, por el hecho de que los cuarteles generales de los guerrilleros tutsis zaireños se localicen en las espesuras de las selvas, allá arriba, a unos trescientos kilómetros de Goma. Estos guerrilleros, en efecto, van a desempeñar un papel preponderante en el inicio de la guerra, y su intervención militar, con el apoyo de los soldados de Ruanda, Burundi y aun Uganda, va a dar lugar a la «larga marcha» del millón y medio de refugiados, a pesar de las lluvias torrenciales, del frío y de la falta total de alimentos.

¡Muchos protagonistas! ¡Demasiados protagonistas para cosa buena! A todos ellos se refiere —con la excepción citada— la carta que el arzobispo de Bukavu pone en manos del embajador de los Estados Unidos en el Zaire. A cada uno de ellos los llamará a capítulo.

De los refugiados dirá que sus condiciones de vida se están haciendo más difíciles cada día. Para presionarlos y forzarlos a pasar a Ruanda, las autoridades de los campos han decidido rebajar las raciones de alimentos que les distribuyen cada quince días. Y han impuesto, además, otra medida que no indica el arzobispo, pero sí la había señalado ya el hermano Fernando en su comunicación de los días iniciales de marzo: se ha recibido orden de suspender todas las actividades educativas, y aun las deportivas, en todos los campos. Se trata, comentarán los hermanos al respecto, de hacer imposible la vida de los refugiados.

Servando vuelve sobre el asunto, y con ulteriores detalles, en carta del 10 de marzo, dice: «A nuestro regreso de Kenia nos encontramos con la desagradable sorpresa de que el Gobierno zaireño había parado las actividades educativas en todos los campos de refugiados. ¡Es lo último que les faltaba por inventar para desesperar en grado sumo a los refugiados y hacerles la vida imposible! El Gobierno ha mandado un documento escrito en el que prohíbe prácticamente toda actividad, incluidos los cultos y las misas. En nuestro campo todavía hemos tenido la Eucaristía este domingo, pero en otros campos no les permiten celebrar ni la misa. Dicen que los curas obstaculizan el regreso de los refugiados a Ruanda. Los representantes del Gobierno deben asistir a las homilías para comprobar si se dice algo que pueda incitar a los refugiados a no regresar. Lo mismo se dice de todos los organismos que trabajan con los refugiados. Es posible que cualquier día también nos prohíban a nosotros el acercarnos al campo. La razón: la gente que trabaja y ayuda a los refugiados los anima a no entrar en Ruanda; luego son cómplices».

Y sentencia Servando, por partida doble: «Se han propuesto hacerles la vida tan imposible que, al final, tengan que optar por entrar». Pero «lo cierto es que no conocen a los refugiados. Pues nadie quiere entrar en Ruanda. Dicen que prefieren morir aquí».

Tan imposible les están haciendo la vida que, según testimonia el arzobispo, numerosos refugiados no tienen otra salida que dirigirse a la ciudad de Bukavu en busca de víveres, en demanda de alguna ayuda, difícil de encontrar porque ya hay unos seiscientos jóvenes ruandeses que están viviendo en las calles de la capital... «Crece con esto la inseguridad callejera y comienzan a manifestarse las primeras violencias...»

Munzihirwa se muestra comprensivo —nada más natural— con sus diocesanos y compatriotas. Le recuerda al embajador que los zaireños han dado pruebas de una gran hospitalidad para con los refugiados; pero que, en el momento actual, están «deseando vivamente la salida de los refugiados». Este deseo está justificado. La región de Bukavu, como sabe bien el embajador, es una región superpoblada. La masiva presencia de refugiados está agravando su miseria: los bosques están siendo deforestados porque los acampados necesitan mucha leña para sus cocinas y para combatir el frío. El equilibrio ecológico está sufriendo una grave agresión por el amontonamiento de basuras y la contaminación de los ríos. Los precios se están disparando en los mercados por el alza de la demanda. «Las relaciones entre zaireños y refugiados, concluye el arzobispo tras estas anotaciones, se están haciendo conflictivas.»

También se está incrementando la tensión. El texto del arzobispo se muestra muy cauto al llegar a este punto. Habla de que se han registrado incursiones en Ruanda, pero no indica —aunque el texto lo da a entender— que sus protagonistas son los milicianos *interahamwes*. Sí dice expresamente que el Ejército Patriótico Ruandés ha reaccionado contra estas penetraciones de las milicias hutus y cita, a modo de ejemplo, los disparos, a comienzos de este mes de abril, sobre la localidad de Panzi; disparos que causaron la muerte a varias personas.

No concreta quiénes están colocando minas contrapersonal en las carreteras de salida de Bukavu. Por el contexto se deduce, según parece, que es obra de los *interahamwes* que están tomando sus medidas ante una probable incursión de las tropas oficiales ruandesas y burundesas contra los refugiados y... contra los milicianos y soldados del régimen anterior. De todos modos, las minas están causando ya heridos y muertos, lo que provoca que la población zaireña esté indignada y conmocionada y se vaya posicionando contra los mismos refugiados. Pide que se vayan cuanto antes, sin más demoras.

Repatriación de los refugiados, sí, escribe el arzobispo. Pero, ¿en qué condiciones?, le pregunta al embajador. Está claro, afirma, que Ruanda no desea tal repatriación. Y, además, sigue interrogando, ¿cómo se podría decir que se están cumpliendo las condiciones de seguridad, cuando se sabe que en ese país se está procediendo a la eliminación sistemática de los intelectuales hutus por obra y desgracia del ejército?

Le llega ahora el comentario pertinente al Tribunal Internacional de Arusha. Monseñor Munzihirwa ve muy justo que se juzgue a los genocidas hutus, pero se resiste a dar por bueno que dicho tribunal no pueda juzgar a los genocidas tutsis. Sería el suyo un comportamiento parcial, unilateral y, por ello, representaría una dificultad añadida en el proceso de reconciliación, objetivo que no debe olvidarse.

Por lo que respecta a la comunidad internacional, la aceptación de una política de hechos consumados —reconocimiento de facto del nuevo régimen de Kigali con las plurales y sucesivas ayudas económicas y armamentísticas al mismo— puede entrañar consecuencias desastrosas. Se corre el riesgo —el arzobispo lo dice muy severamente— de asistir a una reaparición de la guerra en Ruanda e incluso a una extensión de los conflictos a toda la región de los Grandes Lagos.

Ya sólo le falta comentar al embajador el espinoso problema de la presencia del ejército zaireño en Bukavu y, por descontado, en toda la región. El arzobispo no se muerde la lengua. Califica de «nefasta» esta presencia de los soldados de su propio país y dice que, con ella, la población de Bukavu está viviendo «un nuevo drama». Se trata de una presencia muy numerosa, con los soldados armados. Su prepotencia es innoble.

Los soldados —mal pagados, dice el arzobispo, aunque tal vez sería más ajustado decir que no están ni bien ni mal pagados— «se ven obligados a robar a la población para asegurar su propia subsistencia». Han de robar para ellos mismos y... han de robar para sus jefes. Éstos les exigen un determinado porcentaje de los robos, lo que propicia la total impunidad de los ladrones. Los incidentes se multiplican a diario: mujeres que han ido al mercado con lo poco que tienen para sobrevivir ellas y su familia, para dar de comer a sus hijos, han sido robadas por los soldados; los que van al hospital con algún dinero con que pagar la atención médica que necesitan son despojados de las monedas que con tanto sacrificio han logrado reunir; a la caída de la tarde hay soldados, vestidos de civil, que se hacen pasar por taxistas y que trasladan a sus ingenuos usuarios, no a sus domicilios, sino a unos calabozos de los que no les permitirán salir a menos que les paguen un rescate de diez o de veinte dólares; el pasado 11 de abril soldados de civil robaron en las proximidades de un Instituto Técnico Superior. Los estudiantes trataron de impedir el saqueo. Reaccionaron los soldados y cayó muerto un estudiante de tercer curso...

Uno se pregunta, dice el arzobispo, si los responsables de mantener este estado de cosas no andan persiguiendo que la población se subleve para, en tal coyuntura, dar lugar a que los soldados acaben con todo lo que la ciudad de Bukavu ha podido defender hasta esta fecha.

La comunicación del arzobispo al embajador termina con un puñado de sugerencias. Muy parecidas a las sometidas a la consideración de Carter. Una hay, con todo, que merece ser retenida porque si por parte de los Estados Unidos o por parte de la comunidad internacional, no se satisface, cubrirá de vergüenza las páginas de la historia del mundo —así se autodefine— civilizado: «Es una responsabilidad histórica de los países como el suyo el ayudar a la negociación sobre el retorno de los refugiados con garantías de seguridad y con dignidad».

¡Palabras vanas! Ninguno de entre los grandes países va a prestar oídos al arzobispo. Sí habrá, sin embargo, pero no ya entre las grandes potencias, quienes tomen buena nota de los propósitos de reconciliación de monseñor Munzihirwa. Para vengarse de ellos. Para castigarlos. Para disparar un tiro traicionero que acabe con su vida. Mañana; hoy, todavía no.

Los hermanos maristas de la misión de Bugobe están en la misma clave que su arzobispo y estarán por ello —cuando les llegue la hora— en la misma inmolación. Miguel Ángel, quien envía a España la carta de monseñor Munzihirwa, en su comentario a la misma, es más concreto que el propio prelado. Escribe desde lo que ha oído o visto en Nyamirangwe. «Los hutus se preparan seriamente —con ayuda del Zaire— a reconquistar Ruanda; y los tutsis a defenderse. Las consecuencias son inimaginables.»

Unas fechas antes, sus comunicaciones ya habían dado el primer grito de alerta. Había escrito que «estos días se juegan las vidas de miles de personas». Los hutus, comentará, no están dispuestos a resignarse. De continuar en los campos, morirán. Se les ha rebajado drásticamente la pitanza y se les ha disminuido inhumanamente la atención médica para obligarlos a retornar a su país, indefensos, inermes, impotentes; lo que para muchos de los refugiados supondrá la muerte, a comenzar por los jóvenes y los mejor preparados. ¿Morir, pues, en los campos por inanición o por enfermedad si continúan en los refugios; o morir a manos de sus más que probables verdugos en Ruanda, caso de verse empujados a regresar a su país?

Miguel Ángel, con un tremendo realismo, afirma: «De morir, prefieren morir matando». Y esta opción no es una posibilidad o probabilidad de futuro. Es un hecho de este mes de abril del 96. Un hecho preñado de tragedia. «La guerra —dice— ha recomenzado y no se sabe cuándo terminará.» Concreta aún más: «De Nyamirangwe, nuestro campo, han entrado infiltrándose en Ruanda más de trescientos soldados». «*Rentrée sans retour*», añade en una anotación espontánea que revela sin más la fuente de su información. Algún refugiado le ha facilitado la primicia. Alguno o algunos.

Es ésta una información que confirma, de paso, aquellas otras anteriores del último mes de agosto. Los misioneros comunicaban en aquel entonces que la desbandada, primero, de los refugiados y su posterior retorno a Nyamirangwe, luego, habían dado lugar a que un número indeterminado de milicianos *interahamwes* se colara clandestinamente en el campo. Ahora llegaba la confirmación con la salida desde Nyamirangwe de más de trescientos milicianos para infiltrarse en Ruanda.

¿Se podía esperar otra reacción por parte de los refugiados? La vida se les estaba haciendo imposible. Se los estaba sometiendo de continuo a vejaciones y presiones. Se los estaba utilizando como «monedas de cambio». Todos se consideraban en el derecho de disponer de ellos a sus espaldas. La conferencia de El Cairo, a finales de diciembre del 95, celebrada con la asistencia de Carter y con la presencia de los jefes de Estado de Ruanda, Burundi, Uganda, Tanzania y Zaire, había concluido en un abrir y cerrar de ojos. Había liquidado el problema con la propuesta de que los refugiados regresaran libremente a razón de unos diez mil por día. No había asistido a la reunión ningún representante de los refugiados; menos aún algún exponente del anterior Gobierno de Ruanda, de ése que no lejos de Bukavu se autodenominaría Gobierno ruandés en el exilio. En El Cairo se habló de los refugiados, pero éstos no pudieron hablar. «Demagogia», anota Servando en su diario. Y comenta: «Es decir, que sigue la incertidumbre de qué pasará al final».

El ambiente se está volviendo más tenso por momentos, sin duda. Los hermanos escriben informaciones que no permiten excesivos optimismos. «Parece que siguen los milicianos entrando en Ruanda para desestabilizar [la situación].» «No existen las condiciones mínimas de reconciliación.» «Muchos piensan que la guerra es inevitable.» «Ya han muerto más de mil personas, en un año, en una cárcel de Ruanda.» «Se amontonan en las cárceles cuatro o cinco personas por metro cuadrado.» «Los refugiados no ven otra solución que la guerra.» «Éste es un mundo de metralletas que te rodean diariamente.» «Los soldados zaireños no viven más que

de la violencia y la rapiña.» «Ya no saben qué inventar para hacer la vida más imposible a los refugiados.»

En medio de esta cascada, abrumadora, de quejas, lamentos, malos augurios, resulta conmovedor repasar lo que, meses más adelante, por junio del 96, escribirá Miguel Ángel en un arranque confidencial. Esas breves líneas son, en su dramatismo, un soplo de aire que refresca el corazón. Son el testimonio de una solidaridad compasiva, de infinita ternura. Escribe el hermano Miguel Ángel. Sus tres compañeros, Fernando, Servando y Julio —que acaba de llegar— podrían poner su firma a pie de página. «La situación de los refugiados —dice— va de mal a peor. Hace dos semanas que no les dan víveres, por decisión del Alto Comisionado para los Refugiados. Decisión insensata tomada por eso que llaman 'organismos humanitarios'. A veces, hasta se me quitan las ganas de comer, pensando que, al lado, muy cerca, tengo miles de hermanos que pasan hambre real; sobre todo los niños, los niños que son absolutamente inocentes.»

Esta honda solidaridad, atenta y sensible al dolor y al sufrimiento de los refugiados, de una muy singular calidad humana, era apreciada justamente por los pobres del campo de Nyamirangwe. Servando escribe a sus superiores en Roma y dice por abril del 96: «En medio de muchísimas dificultades para trabajar, aquí estamos, seguros de que la presencia de los hermanos es casi el único refugio y motivo de consuelo de los refugiados».

Cuando redacta estas líneas, el hermano Servando ya ha sido designado oficialmente superior de la misión marista de Bugobe, servicio que venía desempeñando desde la salida de los hermanos ruandeses. Al término de la asamblea que, en el mes de febrero, reunió en Kenia a todos los hermanos ruandeses, el superior general, Benito, y el superior del distrito, Spiridion, le comunicaron el nombramiento. Desde ese momento, a él le tocaba organizar el trabajo de la misión y la actividad en el campo de Nyamirangwe.

¿Qué tenía, o qué podía, organizar y dirigir? Con la llegada de Fernando de la Fuente el día 1 de marzo y con la vuelta del navarrico Miguel Sanz a Suiza un poco después, la comunidad estaba reducida a sólo tres hermanos: Miguel Ángel, Fernando, que se encontraba, naturalmente, despistado y temeroso, y Servando. «Espero que el cargo no suponga mucha carga. Hasta el momento no lo ha sido», había escrito a su provincial en Sevilla al darle cuenta de su flamante designación como superior de Bugobe. Ciertamente, éste no iba a ser su problema.

Sí que lo sería, y grande, organizar el trabajo. Estaba ahí, inamovible, la orden del Gobierno zaireño de finales de febrero que prohibía terminantemente todas las actividades educativas en los campos de refugiados; las actividades de deporte y diversión; y hasta las actividades del culto. El espectáculo de los niños, de los adolescentes y jóvenes sin escuela y sin fútbol, era por demás deprimente. Fernando, que ya va metiendo las manos en harina, comenta con fecha del 23 de marzo del 96 que «las escuelas de los campos están cerradas por decreto oficial» y que «miles de alumnos han quedado sin clase, sumidos en la más degradante ociosidad». Dice más: «Al romperse el ritmo de trabajo escolar, que ahora corresponde al segundo trimestre, la vida del campo se desarticula y surgen problemas de toda índole».

Por las mismas fechas que Fernando, Miguel aporta nuevos datos. «Nos encontramos bien —dice—, aunque sin mucho trabajo, pues el Gobierno del Zaire ha decidido hacernos la vida imposible prohibiendo todas las actividades educativas en el campo y controlando las actividades culturales. Hay un control fuerte de los que ayudamos —los atendidos por los misioneros—, por parte de las autoridades militares. En dos días hemos recibido dos veces al comandante militar y a otras autoridades para interrogarnos y ver un poco lo que hacemos. Llevamos ya un mes entero sin poder abrir las escuelas y el colegio; y, evidentemente, esta situación es un poco incómoda.»

En esta comunicación de Miguel hay una leve referencia, sin comentario alguno por su parte, a «las amenazas de granadas que le dejan a uno un poco cansado y preocupado». En ninguna otra comunicación posterior del propio Miguel Ángel, ni en ninguna de los otros hermanos, hay un menor comentario a las granadas. El dato es realmente sorprendente. La interpretación más benigna es que Miguel, especulativo, filósofo, psicólogo, no se haya cuidado mucho de tecnicismos bélicos; y haya dado en llamar «granadas» a las minas contrapersonal con las que, por esas fechas, están siendo «sembrados» los accesos a Bukavu...

Cabe otra lectura. Miguel está aún al frente de los dos grandes almacenes en los que se guardan los víveres y las ropas para los refugiados. Por los alrededores de los almacenes del colegio y de las viviendas de los misioneros montan guardia, como es sabido, noche y día, cinco soldados zaireños. Oficialmente están para proteger a los misioneros, a las religiosas ruandesas de la casa vecina, a los bienes almacenados. Miguel habría dicho en alguna otra ocasión que están también para controlar los movimientos de los misioneros; y este cometido, que puede ser mucho más que real, despierta en el espíritu de Miguel una animosidad y un desafecto crecientes de día en día. Por si no fuese bastante, hay otro dato innegable, ése que el arzobispo Munzihirwa denuncia en su carta al embajador de los Estados Unidos al referirse al comportamiento de los soldados zaireños: los soldados, mal pagados o no pagados, ni bien ni mal, tienen que robar y pillar cuanto se ponga al alcance de sus manos: ¿Tuvo que habérselas Miguel con alguno o algunos de los soldados en trance de pillar los almacenes y éstos se revolvieron contra el celoso administrador de los bienes de los refugiados con la amenaza de alguna granada? Miguel, para no inquietar más a los hermanos, guardaría para sí el incidente y dejaría que el hecho, grave en sí mismo, gravísimo de cara al futuro, pasara sin más ni más.

Pero no todo iba ser calamidades, algo bueno tenía que suceder. El día 5 de mayo, un fax desde Roma le da la noticia que más estaba deseando. Le confirma que la congregación le asegura un año más de permanencia entre los refugiados, sea cual sea la solución final al problema de los campos. El hermano Servando se apresura a comunicar a su provincial, en Sevilla, la buena nueva. Le agradece que la Bética de sus amores se haya mostrado generosa y haya respaldado positivamente la petición que él había formulado ante el Consejo general. Escribe que no se le ha de agradecer a él la disponibilidad de servir a los refugiados, como se lo agradece el fax de Roma. Es él quien está en deuda. Dice: «No puedo negar que soy yo quien está agradecido a quienes generosamente habéis hecho posible la continuidad de mi presencia entre los refugiados. Ya sabéis —siempre lo tengo presente— que mi presencia aquí no es a título personal. Nuestra presencia asegura la presencia marista entre los más pobres de entre los pobres y de manera especial la presencia de la Bética. ¡Gracias por vuestra generosidad! Dios os la pagará en frutos de solidaridad y aumento en el amor a los pobres de los hermanos y colaboradores maristas de Bética».

Con esta alegría, Servando redobla su actividad. Ya había procedido a reorganizar los trabajos unos días antes. Él se había reservado la animación de los movimientos apostólicos y de las Comunidades Eclesiales de Base, la animación de los equipos de liturgia y catequesis. A Miguel Ángel le había asignado la asignatura de psicología aplicada a la educación y le había confiado la coordinación de toda la enseñanza, amén de varias horas de religión. A Fernando le había puesto al frente de las actividades deportivas y de toda la tramoya necesaria para combatir el ocio. Dos sacerdotes hutus han ido a vivir a la comunidad. A ellos les pide Servando que se responsabilicen de la actividad sacramental y de la animación espiritual. Servando organiza y actúa como si nada de todo esto estuviese prohibido.

Lo está, sin embargo. Sigue estándolo. Pero Servando es, a estas alturas, perro viejo. Sabe que «dádivas quebrantan peñas» y que no le faltaba razón a Quevedo cuando decía que «poderoso caballero es don dinero». Sabe que si no se suelta una propina por aquí y otra por allá no se consigue nada, por mucho que sea el derecho que a uno le asista; pero sabe igualmente que, con dinero, se consigue todo, hasta lo que parece imposible. Ha dejado, por eso, que el decreto oficial de las autoridades del Zaire estuviese ahí. Durante un tiempo. Durante unas semanas que a los hermanos y a él se les han hecho interminables. Luego, cuando ha considerado que el decreto ya no estaba tan vivo entre los funcionarios, ha comenzado a tantearle un poco, diplomáticamente, al administrador zaireño del campo de Nyamirangwe. A tantearle y... a sobornarle. Que «Dios me perdone» se diría Servando, «si es que hay algo que perdonar», añadiría para sus adentros. «Hay que obedecer a Dios antes que al César», meditaría. Y la voluntad de Dios, clara, clarísima, no era otra sino que los hermanos hicieran todo lo habido y por haber para paliar el dolor de los refugiados.

Llegaron a un acuerdo. Al administrador se le entregaría un dólar por cada uno de los profesores que reanudaran las clases. ¡Doscientos dólares en total!

Fernando de la Fuente, siempre comedido, escribe a finales del mes de abril: «La actividad escolar está, lamentablemente, venida a menos por el decreto que obliga a cerrar la escuela de los campos. Pero, con la colaboración del administrador del campo, se ha logrado que las clases funcionen en lugares improvisados como la calle, pequeños recintos... También esta forma ha sido hostigada e, incluso, ha habido días en que no ha sido posible realizarla, rompiendo todos los ritmos e ilusiones».

Se hacía, pues, lo que se podía. Servando organizaba lo que cabía organizar. Y, en su sufrimiento, pensaba una y otra vez en que los refugiados y los hijos de los refugiados sufrían mucho más. Hay entre las notas del diario de Servando un viejo apunte del 29 de agosto de 1995 que es un primor, porque pone de manifiesto toda su humanidad, y que sigue siendo válido a estas alturas del 96. «Sigue extrañándome —dice— que no veo a nadie llorar. ¿Cómo viven y expresan estas personas sus sentimientos? Carlos —el mercedario que ha invitado a Servando para que fuera testigo de la llegada de doce mil refugiados de otro campo— me dice que aguantan hasta que explota todo de forma violenta.» Y el apunte, por todo comentario, pone: «Guerra del 94».

No hacía falta decir más. «Aguantan hasta que explota todo de forma violenta.» Es lo que puede constatar a diario en Nyamirangwe. Están aguantando y los hermanos no saben de dónde pueden sacar fuerzas los refugiados para seguir aguantando más. Aguantan, pese a todo. Pero, ¿y si este aguante es una larga y penosa gestación de violencia para un futuro más o menos próximo?

Una carta de Servando, escrita en noviembre del 95 y que, según sus cálculos, llegará a su destino en los días de Navidad —un mes más tarde—, aporta una razón del aguante de los refugiados. Una razón que el hermano Servando atribuye al corazón de los refugiados y no hay por qué dudar de que así fuera. Una razón, sin embargo, que es la propia razón de Servando, la que le permite a él y a sus compañeros de comunidad mantener el tipo pese a todos los pesares. Dice así: «Yo, como ya te he dicho otras veces, estoy asombrado de mí mismo. Vivo todo esto con una enorme serenidad y paz. Sólo Dios sabe lo que nos espera al día siguiente. Pero Él nos da la seguridad de que el futuro, mi futuro y el futuro y la vida, tan precaria, de los refugiados está en sus manos de Padre; que nos ama y de manera especial a estos sus hijos, que son los más pobres y los que sólo de Dios esperan la salvación. ¡Han sufrido y sufren tanto...! Tienen tan poca esperanza y confianza en la buena voluntad de los hombres, que sólo de Dios les puede venir la salvación».

¿Era ésta, de verdad, la razón del aguante de los refugiados? De lo que no cabe dudar es de que ésta era la razón que daba fuerza y nervio a la «presencia» de los misioneros maristas en aquel que Fernando ha llamado «infierno».

«Aguantan hasta que explota todo de forma violenta.» Esta misma carta, y para mayor precisión, en el párrafo siguiente se hace eco de la tragedia que se está incubando. Servando ha oído en el campo de Nyamirangwe los sones de los tambores de la guerra. Son, por el momento, unos sonidos opacos, poco perceptibles. Pero son sonidos que hablan de guerra. Se está forzando a los refugiados a volver a su patria, por mucho que en las altas cancillerías y en las oficinas del Alto Comisionado de las Naciones Unidas para los Refugiados se siga declamando que se trata de una repatriación voluntaria. Los refugiados, que están —sin que nadie sepa muy bien cómo— puntualmente informados de todos los movimientos en los demás campos, temen que se les va a forzar a la repatriación. Y, poco a poco, se va abriendo entre ellos la idea de entrar en Ruanda y arropar con su retorno el ingreso, al mismo tiempo, de los milicianos y de los soldados del antiguo ejército nacional. Entrarán, pues; pero entrarán en son de guerra o, mejor aún, reanudarán la guerra una vez dentro del país.

Escribe Servando: «Estos días, en nuestro campo de Nyamirangwe, se está repitiendo la alarma de agosto. Hay bastante gente que, estos días, se va del campo por la noche y duerme —mejor dicho, vela— al aire libre porque corren rumores de que los militares van a venir para tomarlos por sorpresa y llevarlos a Ruanda. Dicen que van a tomar nuestro campo porque es el más pobre —la gente es casi toda campesina— y que sirva de escudo humano cuando entren los demás. Temen que van a entrar haciendo la guerra, ya que el Gobierno de Kigali no les permite entrar con las mínimas garantías de respeto de sus vidas.

Éstos son los rumores que vive la gente ahora en nuestro campo. Yo no sé qué habrá de verdad. Pero lo cierto es que con esta realidad la gente no tiene el mínimo de tranquilidad para trabajar».

Los hechos confirmarán estos temores de Servando. Habrá que esperar aún unos cuantos meses. Será por septiembre del 96. ¡Peor que peor! Porque tanto aguantar reventará en una explosión de violencia inaudita. El mundo tendrá que asistir al terrorífico éxodo de más de un millón y medio de personas.

Estando aún en Bruselas, el hermano Servando había escrito con qué intención iba al corazón de África, al corazón de un campo de refugiados. «Espero, con la ayuda de Dios y el apoyo de vuestra oración, ser un instrumento de esperanza para esa pobre gente.» Ahora, Servando cuenta con un conocimiento mayor de la realidad y con la experiencia de ver a los refugiados cogidos por una tenaza de hierro: por un lado obligados a entrar «voluntariamente» en un país —su país— que dice querer recibirlos, pero que se niega a darles las menores garantías de vida; y por otro lado arastrados a entrar, según parece, por las milicias *interahamwes* que quieren servirse de los indefensos refugiados como de «escudos humanos» para infiltrarse en Ruanda y renovar la guerra civil... Es ahora cuando el hermano Servando añade a su misión de despertar esperanza la no menos necesaria de trabajar por la reconciliación. «Madre de la reconciliación», musita. Una vez más.

Tendrá ocasión de recitarla muchas otras veces. Los problemas se están complicando por momentos. A la comunidad marista de Bugobe acaba de llegar un manifiesto del grupo Jeremías, de Bukavu. «Juntas las manos, salvemos la paz en el sur-Kivu.» Se lo envían los hermanos de la misión de Nyangezi, a unos cincuenta o setenta kilómetros. Por su mayor veteranía en la región de los Grandes Lagos —la fundación de la misión marista de Nyangezi es del año 1948—, los de esa comunidad conocen perfectamente bien la psicología de la población zaireña del Kivu y están al tanto de las tensiones políticas, de carácter secesionista con respecto a Kinshasa, que se están desatando en algunos sectores; concretamente en los medios sociopolíticos de los tutsis zaireños o *banyamulengue*.

Saben, igualmente, del prestigio que, en pocos años, se ha labrado el grupo Jeremías, movimiento en favor de la justicia y de la paz, de naturaleza y características muy similares a las del grupo Amós iniciado en el año 1989 por el sacerdote zaireño Joseph Mpundue'Booto. Los principales núcleos urbanos de la República del Zaire cuentan con grupos Jeremías. Sus componentes analizan la situación del país a la luz de los evangelios, denuncian valientemente los abusos de poder, fustigan la corrupción administrativa, protagonizan manifestaciones de protesta en las vías públicas y, sobre todo, fundamentalmente, trabajan por crear una atmósfera de paz, por educar al pueblo en los valores de la paz y en los dinamismos que la paz verdadera exige de los individuos y de las colectividades. En los momentos de mayor emergencia, los grupos Jeremías se dirigen a la población del país con manifiestos o comunicados. Éste que han recibido los hermanos maristas de Bugobe está fechado el 12 de junio de 1996. «La paz que, por nuestra unidad, hemos salvaguardado hasta hoy en el sur-Kivu está actualmente amenazada. Hay señales muy claras que lo confirman.» El espectro de la violencia y de los conflictos armados se insinúa en el horizonte. La situación se está degradando y, de prolongarse e intensificarse el actual deterioro, la paz se sentirá gravemente amenazada.

Las condiciones de vida de los ciudadanos empeoran a ojos vistas: los asalariados no reciben sus pagas; los comerciantes no pueden mercar con otras regiones del país o con los países vecinos de Burundi y de Ruanda; se está produciendo, por ello, un enrarecimiento de los productos de primera necesidad y una subida significativa de los precios; las familias están encontrando dificultades para comer, para educar a sus hijos, para acudir al médico; se están imponiendo tasas arbitrarias y se hostiga a la población con arrestos infundados, con la colocación de barreras en las carreteras, con la imposición de altos rescates.

La presencia prolongada de los refugiados, sigue diciendo el manifiesto, unida al hecho de que los soldados que los custodian no reciben sus soldadas y han de arreglárselas como pueden para sobrevivir, ha originado una inseguridad que se deja sentir en todas partes. La población está aterrorizada por las explosiones de minas y granadas, por los robos a mano armada, para cuya ejecución se reclutan jóvenes que están sin trabajo y que, previsiblemente, pasarán a formar parte de milicias privadas en las vísperas de

las elecciones que han de convocarse de aquí a unos meses. Es muy de temer que se llegue a enfrentamientos entre grupos de jóvenes que se hayan adscrito a partidos políticos o a las rivalidades tribales.

Crece —y esto es aún más grave—, dice el grupo Jeremías, el sentimiento tribal. Se registra este incremento en todas las instituciones del país, desde la Administración y los partidos políticos, hasta las universidades, institutos superiores y empresas. Diferencias y conflictos puramente personales adquieren carácter tribal y, manipulados sin escrúpulo alguno, acaban con el tejido de las alianzas sociopolíticas que, hasta ahora, habían asentado la fuerza del sur-Kivu.

Ya en su recta final, el manifiesto sugiere una serie de iniciativas para la reconstrucción de la unidad. Los hermanos fijan su atención —por su experiencia en el campo de refugiados—, a la que pide que no se preste oído, en los que siembran la división entre personas y grupos, sea en el seno de las familias, en el de las Comunidades Eclesiales de Base, en el de la escuela o en el del trabajo. «Neguémonos a adherirnos a los propósitos de los que propagan el odio tribal.»

En principio y a las primeras de cambio, se podría pensar que los detectados y denunciados por el grupo Jeremías son problemas que afectan, en exclusiva, a la población zaireña de Bukavu y su región, no a los refugiados. Los hermanos, que siguen atentamente la lectura del manifiesto, advierten pronto que, si bien con características un tanto diferentes, también en Nyamirangwe se están padeciendo esos mismos problemas o, al menos, varios de ellos. Entienden, además, que la suerte de los refugiados está inexorablemente vinculada, para bien y para mal, al mantenimiento o desaparición de la seguridad en la región de los Grandes Lagos.

Problemas de robos, los tienen; exacciones de los soldados zaireños, también; agentes infiltrados que propagan el odio étnico y que se dedican a reclutar jóvenes para un futuro enfrentamiento armado entre hutus y tutsis, sin duda alguna; peligro a causa de las minas contrapersonal, a diario; tentación de prestar oído a los que propalan mensajes de guerra, en todos los corros y en todos los rumores.

Todo esto es grave, muy grave, ciertamente; y de ahí que estén empeñados en promover la reconciliación en la justicia y la paz, aun a sabiendas de que este ministerio o servicio, tan evangélico, puede desatar las iras de quienes sólo aspiran a la revancha; aun a sabiendas de que se están creando animadversiones y enemigos fuertes, amenazantes, tal vez hasta asesinos. Pero lo que realmente les llama la atención es el énfasis, la importancia, que el manifiesto concede a la división tribal entre los propios zaireños. Sabían —¡cómo no!— de la existencia de corrientes secesionistas en la región. Las consideraban, sin embargo, marginales, minoritarias, expresión de un separatismo romántico con poco calado en la sociedad. El manifiesto les abre los ojos. Habla de conflictos armados como de una hipótesis de futuro a tener muy en cuenta. Y la referencia, tan concreta, a lo que ocurrió en Shaba, en 1960, primero y, luego, en el 77 y en el 78, les lleva a ver que la reconciliación se está complicando más de lo que ellos mismos pensaban en un principio. El arco de la reconciliación ha de abarcar mayores espacios. No sólo es necesaria y urgente entre tutsis y hutus de Ruanda; entre el Gobierno implantado en Kigali y el que, en el exilio, sigue atribuyéndose la autoridad legítima; entre los soldados del Ejército Patriótico Ruandés y los milicianos *interahamwes*; entre los refugiados que desean un retorno en paz a su país y los que propugnan realizarlo en son de guerra; entre las víctimas del genocidio del 94 y sus verdugos en aquellos meses de locura; entre los hutus que osaron repatriarse voluntariamente y los que, en el interior mismo de la Ruanda de hoy, cumplen órdenes de diezmar la población mayoritaria, en especial a sus jóvenes y a sus intelectuales... No; el problema de la reconciliación no sólo se circunscribe a todos estos frentes. Ahora, con la lectura del manifiesto del grupo Jeremías de Bukavu, reparan que se está iniciando otro frente más cuya interferencia en el destino de los campos de refugiados puede ser su estocada más atroz. Los guerrilleros *banyamulengue* podrían enseñorearse de toda la región de Kivu, del norte al sur, tras pasarla a horca y cuchillo. Tras enfrentarse a los militares y soldados del mariscal Mobutu, desmoralizados, desmotivados, indisciplinados. Tras chocar frontalmente con los milicianos *interahamwes* que no tendrán reparo en servirse de los refugiados como de «escudos humanos».

A la postre serán éstos, los pobres refugiados, a quien nadie consulta, por los que nadie se interesa, a los que todos utilizan como «moneda de cambio», quienes acabarán con la peor parte. Los ejércitos de

Ruanda y Burundi, y aun los de Uganda, apoyarán con sus hombres y con su armamento la rebelión secesionista y furiosa de los *banyamulengue*, por mucho que oficialmente nieguen su intervención en el conflicto. La comunidad internacional seguirá mirando a otra parte, dando largas a su intervención pacificadora en los Grandes Lagos. Tanzania, Kenia y el Zaire silenciarán tácticamente sus preferencias o sus intereses, pero colaborarán en la repatriación «voluntaria» de los refugiados para desestabilizar el régimen de Kigali, que les resulta engorroso y que lo será aún mucho más si, bajo signo tutsi, consigue formar con el de Burundi y con el de Uganda una especie de federación, o de lo que sea, para mayor contentamiento de los Estados Unidos y, probablemente, de Gran Bretaña.

El hermano Miguel Ángel, al término de la reunión de los maristas ruandeses en Kenia, hutus y tutsis todos confundidos en el pasado mes de febrero, había escrito sus reflexiones personales sobre las dificultades gigantescas que necesariamente iba a encontrar la causa de la reconciliación. Decía:

«Hemos asistido durante diez días al canto doloroso de la reconciliación y de la unidad de nuestros hermanos ruandeses. Buen ambiente, pero lecturas diferentes de los acontecimientos, según la plataforma de las propias experiencias de perseguido o de perseguidor real o colectivo. ¡Mucho, mucho tiempo tendrá que pasar para que el río desbordado encuentre su antiguo cauce!

He oído horrores inimaginables, pero me siento orgulloso de los hermanos que tenemos en Ruanda.

Dios quiera que la tortilla no se dé la vuelta y que los hombres busquen y encuentren una solución distinta de la guerra. De lo contrario, temo mucho por la vida y la seguridad de nuestros hermanos en el interior de Ruanda. Dios quiera que me equivoque. Digo esto porque en los espíritus de los refugiados no cabe otra solución que la guerra para poder entrar. Y hay indicios de que esta solución ha pasado ya de la cabeza a las manos y se está poniendo en marcha con una preparación activa».

Este texto lleva fecha del 3 de marzo de 1996. ¿Qué temores mayores no serían los de Miguel Ángel si sus pensamientos los hubiese dado a conocer ahora que, a una con los demás hermanos, termina la lectura del manifiesto del grupo Jeremías?

«Son dos mundos diametralmente opuestos el de los tutsis y el de los hutus», decía Servando cuando los cánticos de la Navidad del 95 comenzaban ya a sonar en su corazón.

Pero, ¿por qué? Habrá que comenzar a buscar la respuesta en la lejanía de los tiempos; en los comienzos, tal vez, de la era cristiana. Desde entonces se ha producido una larga y atormentada crónica que es preciso evocar para entender la tragedia que se aproxima.

Capítulo seis

«Si le curas un diente a un tutsi,
¡cuidado!, te morderá con él.»
«Si le sanas un ojo a un tutsi,
¡cuidado!, luego te mirará mal.»

LOS refranes —se dice— encierran la sabiduría popular. En los dos casos citados, propios de la cultura hutu de Ruanda y Burundi, además de la «sabiduría» del pueblo, esos refranes descubren la existencia de un acentuado problema de convivencia social entre hutus y tutsis.

Estos refranes no son producto de los últimos tiempos. De los de hoy. Vienen hasta el presente de muchas, muchísimas generaciones atrás; y su tradición de abuelos a nietos, de padres a hijos, ha ido conformando un espíritu, un clima, un peculiar modo de entender lo que el tutsi es para el hutu: un enemigo, un déspota, un avasallador. Por banda contraria, el solo hecho de que el tutsi denomine «hutu» a quien le ha sanado el diente o cuidado el ojo, indica una relación de superior a inferior, de amo a vasallo, de dominante a dominado. «Hutu», en efecto, antes de designar a la inmensa mayoría de la población de Ruanda, significa etimológicamente «siervo», si es que no, con mayor realismo, «esclavo».

La historia recuerda lo que por el año 1901 escribió el primer gobernador alemán de Ruanda: «Cuando se le pregunta a un tutsi qué respuestas se pueden dar a las justas reivindicaciones de los hutus, el tutsi contesta siempre, indefectiblemente: «Hay que matarlos a todos».

¿Siervos? ¿Esclavos? ¿De quién? De la minoría de la población. Entre los ocho millones largos de ruandeses —según datos anteriores a la guerra del 94 o, mejor aún, a la guerra que comenzó en el 90 y se prolongó hasta junio del 94— los tutsis no pasaban de ser el catorce o quince por ciento. Los hutus, por el contrario, representaban una aplastante mayoría de hasta el ochenta y cinco por ciento. Quedaba por ahí, perdido, un insignificante uno por ciento que, por su *inania* numérica, apenas es tenido en cuenta por políticos, sociólogos y demógrafos. Ese uno por ciento es el residuo de la población más original del país, la etnia twa que, para facilitar el dato, puede identificarse con la etnia de los pigmeos.

Residuo, sin duda; pero también, y ante todo, lo más original, lo primigenio, lo primitivo, lo que se anticipó a la presencia de los hutus y de los tutsis. ¡Pobre resto que tan poco cuenta en las estadísticas y en la vida de la sociedad ruandesa, que hasta los hutus los han tenido por debajo de sus plantas! Siervos, pues, de los siervos; esclavos de los esclavos.

Como era de esperar —o de temer, más bien— esta jerarquía social es, a un mismo tiempo, causa y efecto de una jerarquía económica. El tutsi será el rico; el hutu, el pobre. El twa, el miserable. El tutsi será el ganadero; el hutu, el agricultor; el twa el pobre Lázaro que ha de contentarse con las migajas que caen de la mesa del epulón.

El tutsi será el oficial; el hutu, la clase de tropa. A la etnia de los tutsis pertenecerá, por siglos, el soberano regio —el *Mwami*— que tendrá a sus flancos una corte de señores feudales. A la de los hutus, los que han de trabajar durante un tiempo cada año y sin compensación alguna, las tierras del rey y de los señores; o han de cuidar, sin estipendio, los ganados del soberano.

El tutsi podrá casarse con una mujer hutu; sus hijos prolongarán la etnia del progenitor; pero si una mujer tutsi comete la veleidad de contraer matrimonio con un hutu, su descendencia quedará degradada a la condición del marido.

Y, como ésa del derecho matrimonial, otras muchas leyes tradicionales marcarán indeleblemente la diferencia —la distancia— entre un tutsi y un hutu.

El turista poco observador, acostumbrado a las imágenes impactantes, podría pasearse por Ruanda sin advertir mayores síntomas de esta fractura social. Secular, sin embargo, inmutable.

Podría caer en la cuenta de que había ricos y pobres, pero esta división le parecería normal, puesto que la misma existe en cualquier otro pueblo.

Podría dar fe de la existencia de matrimonios mixtos, de hombres tutsis con mujeres hutus y de hombres hutus con mujeres tutsis; y si no se andaba muy listo concluiría, precipitadamente, que tal ligazón matrimonial era todo un testimonio de armonía interracial.

Acudiría a los templos y los vería abarrotados de hutus y tutsis, sin notar diferencias ni en el sitio ni en el comportamiento de unos y de otros feligreses; pero no sabría que en los cien años de existencia de la Iglesia en el país, durante mucho tiempo —cuarenta años, aproximadamente— todos los obispos habían sido de la etnia tutsi, al igual que a esa misma etnia pertenecía la mayoría de los sacerdotes nativos.

Se toparía con muchos más tutsis que hutus en los más distintos niveles de las Administraciones públicas pero igual no llegaría a concluir de ese dato —y acertaría— sino que los de la etnia tutsi se habían formado mejor en las escuelas, en los institutos, en la universidad. No se le ocurriría preguntarse, sin embargo, el porqué de esta mayor afición a los estudios o el porqué de un rendimiento más brillante en las aulas.

Le parecería que todo andaba a pedir de boca y que, dentro de la pobreza generalizada del continente africano, Ruanda contaba con un tenor de vida muy modesto, pero aceptable.

Se encontraría, además, con un pueblo mayoritariamente cristiano, el cuarenta y cuatro por ciento de la población es católica y el doce por ciento es protestante o adventista. Su curiosidad le haría preguntarse por las religiones tradicionales, las que bastante superficialmente han venido siendo calificadas como religiones animistas. Éstas, que aún acogen hasta casi un cuarenta y tres por ciento de los ruandeses, pueden parecer extinguidas, reliquias sin mayor importancia de un pasado remoto, a consecuencia de la falta de templos y de grandes ceremonias religiosas. Pero esto sería un grave error por su parte. No hallaría seguidores del islam sino en un modestísimo uno por ciento de la población.

Podría ver mucho más. Le saltaría a la vista, por ejemplo, el estallido de juventud que se registra en Ruanda, donde entre un cincuenta y siete y un sesenta por ciento de sus ciudadanos cuenta menos de veinticinco años de edad. Podría comprobar por sí mismo que las calles y los mercados están siempre a rebosar y se enteraría de que la densidad de población del país es de las más altas del mundo, de algo más de 311 personas por kilómetro cuadrado. Se maravillaría con el verde de los campos que ascienden, suaves, por las laderas y comprendería que estaba más que justificado el denominar a Ruanda como «el país de las mil colinas»; pero, de no andarse muy avispado, tal vez no llegaría a saber que el país no dispone de suficientes tierras de cultivo para dar trabajo y comida a todos sus hijos y que las explotaciones agrícolas bien podrían pasar por jardines domésticos. Encerrada entre otras naciones, en Ruanda existen muchas dificultades para emigrar a otras tierras y la desocupación juvenil puede transformarse en tentación a los mayores excesos y violencias a nada que hombres sin escrúpulos o intereses partidistas manipulen las conciencias de los jóvenes sin trabajo. Y por aquello de que «la ociosidad es madre de todos los vicios», no le extrañaría saber que las enfermedades de transmisión sexual azotan a una parte notable de la población y que el sida en concreto, según algunas informaciones, afecta ya a un tercio de la población de Kigali, la capital de la república. Contaría no poco también en este desastre el analfabetismo de las masas, cifrado en casi un cuarenta por ciento de los hombres y las mujeres de Ruanda, con mayor incidencia en estas últimas.

Para completar el cuadro tendría que saber que la Iglesia católica era —así, en tiempo pasado— la institución social que, después del Estado, contaba con mayor número de asalariados entre profesores, maestros, catequistas, asistentes sociales, auxiliares médicos, animadores de juventud, etcétera.

Toda esta presentación, con sus luces y sus sombras, parece necesaria para comenzar a comprender la tragedia que ha asolado a Ruanda en estos últimos años. Necesita, con todo, de algunas precisiones más.

Los tiempos de la llegada de los hutus a las mil colinas no están certificados con total exactitud. Hay quien los fija en los primeros años de la era cristiana; otros los retrasan hasta el siglo III. Pero, en uno u otro siglo, el hecho constatable es que los recién llegados, hábiles agricultores, desplazaron a los twa a las espesuras de los bosques. Dedicados desde siempre a la caza, el estilo de vida de los twa era nómada, lo que facilitó extraordinariamente que los hutus se adueñaran de los campos de cultivo.

El predominio hutu comenzó a tambalearse cuando por el siglo X y más aún por el XIII, unos hombres espigados y bien conformados, comenzaron a hacer su aparición en el escenario ruandés. Provenían de las regiones del Nilo. No fue la suya una invasión sino una infiltración paulatina, muy de paso a paso, muy poco a poco. Mucho menos numerosos que la población local, asumieron de ésta el idioma y conformaron sus creencias al tenor de las generalizadas en la para ellos nueva patria. Mejor organizados como pueblo que los locales, con un mayor sentido de jerarquía, dotaron a la sociedad de una organización más visible que la tradicional por aquellos pagos y la fortalecieron con un conjunto de normas sociales que, con el andar del tiempo, se constituyeron en derecho consuetudinario.

A partir, más o menos, del siglo XVI, adoptaron la fórmula monárquica, centralizaron de este modo el poder en la persona del *Mwami* y dieron al reino una estructura feudal. Lo que comportó —no hace falta decirlo— que el resto de la población, aunque mayoritario, pasara a la condición de siervos de la gleba o simplemente hutus. Ganaderos como eran, propietarios de grandes rebaños de vacas, la profesión de los tutsis se impuso a la de los campesinos hutus, ocupados en trabajos más rudos. Y de aquí se derivó una cierta identificación de los tutsis como aristócratas y los hutus como plebeyos. Éstos, en un claro ejemplo de alienación de clase, llegaron a considerarse inferiores a los tutsis. Un viejo refrán hutu, de enorme contenido sociopolítico, dice: «Los hombros están más bajos que el cuello». Es decir, si eres hutu no pretendas ser más que un tutsi. Ni como él.

Así están las cosas cuando Europa se hace presente en este escenario. Su presencia tomará cuerpo en la actividad evangelizadora de los misioneros y en la autoridad de los colonizadores. Los Padres Blancos o Misioneros de África, original creación del entonces arzobispo de Argel y primado de Cartago, cardenal Lavigerie, fueron los primeros misioneros católicos en alcanzar este país, en el año 1900, tras un viaje que fue toda una odisea.

Que el canciller Bismarck no estuviese demasiado interesado por la aventura africana no quiere decir que se mantuviera al margen cuando la conferencia fijó los territorios que correspondían a cada potencia. Significa únicamente que él había programado la cumbre para que las otras potencias europeas se distrajeran con la empresa africana, compitieran entre ellas y dejaran a Alemania el campo libre en Europa para sus proyectos de expansión industrial. Y para sus planes políticos. No obstante estas miras domésticas del gran canciller, su país consiguió una buena porción en el reparto y con este bien en el bolsillo creó el Deutsch Ostafrika. Las tierras —y los hombres— de Ruanda pasaron a ser desde entonces el distrito número trece del imperio colonial de Alemania. Aunque desde la conferencia de Berlín hasta la definitiva implantación de Alemania en suelo ruandés, se dejaron pasar no menos de catorce años; demostración palpable del poco interés que para Alemania tenía Ruanda.

No era ésta de Ruanda, en efecto, una gran colonia. Apenas 26 338 kilómetros cuadrados. Hermosos, con un paisaje muy bello, con un sin fin de colinas verdes, coquetas, con un dilatado mirador hacia las aguas azules del lago Kivu. Curiosamente, y como excepción, el reparto colonial dejó las fronteras de Ruanda como estaban desde siglos atrás. Las fronteras y su tradicional organización política y administrativa. El *Mwami* Kigeli IV se mantuvo en su trono y las estructuras feudales continuaron intactas. Alemania no demostraba mucha prisa ni por tomar posesión de lo que le había correspondido ni por cambiar mucho las cosas en aquel pequeño país. Más aún:

desde el primer momento juzgó conveniente apoyarse en la autoridad de los tutsis e ir abriendo para éstos las primeras escuelas, paso obligado para una futura incorporación de los alumnos más despiertos a las tareas de la administración colonial.

Los tiempos de finales del siglo XIX estaban marcados por el auge de la etnología. En gran parte de Europa. En Alemania de manera muy especial. Y los etnólogos alemanes que fueron en visita profesional y científica por Ruanda dictaminaron que la etnia tutsi ofrecía rasgos indiscutibles de superioridad sobre la etnia hutu.

Las misiones cristianas, tanto las protestantes como las católicas, a las que en la conferencia de Berlín se distinguió como instrumento de civilización, picaron en este anzuelo. No desde el primer momento, claro está, porque los misioneros estaban convencidos de que el Evangelio tenía que ofrecerse a todos. Comenzaron, por ello, la evangelización de todos los ruandeses, sin cuidarse ni poco ni mucho de si eran tutsis o eran hutus.

Con los tutsis, sin embargo, se las vieron y se las desearon. Lo tuvieron pronto muy difícil. El *Mwami*, que no se avenía a la presencia de los colonizadores alemanes en su suelo, prohibió a los tutsis la conversión al cristianismo. Les prohibió, además, que los niños y jóvenes tutsis frecuentaran las escuelas que los misioneros estaban abriendo. Estas medidas eran la respuesta de la monarquía tutsi al poder colonial.

No todos los tutsis se atuvieron a tales prohibiciones. Hubo algunos —un puñado— que acudieron ocultamente, por las noches, a las lecciones de la catequesis. Y hubo quienes, también en secreto, recibieron el sacramento del bautismo.

Pero no es fácil guardar este tipo de secretos; y el *Mwami* acabó por saberlo todo. Reaccionó con extrema violencia. Hizo detener a los tutsis cristianos y, para lección de los demás, los condenó a muerte por desobediencia al rey. En la localidad de Save, donde se había fijado la primera misión católica, fueron quemados vivos.

Tuvieron que pasar no menos de veinte años para que a los tutsis ruandeses se les permitiera oficialmente el trato con los misioneros, la asistencia a las escuelas de las misiones y la conversión al cristianismo. Más aún: no sólo se les permitió lo que antes había sido prohibido tajantemente, sino que el propio *Mwami*, reunido con sus jefes feudales o gobernadores del país, dió orden de frecuentar las clases y hasta de hacerse cristianos.

¿Cambio del corazón del rey y de sus consejeros? No. La razón fue de naturaleza estrictamente política. Los misioneros, que habían tenido que suspender la evangelización de los tutsis, concentraron todos sus esfuerzos en la evangelización de los hutus. En la evangelización... y en la enseñanza. Los muchachos hutus iban aprendiendo a leer y a escribir, a manejar los libros y los cuadernos, a descifrar los mapas, a moverse entre números y cuentas. Esta preparación académica de los hutus podría conducir un día al poder a los que desde tiempo atrás habían sido servidores de la gleba. Y el *Mwami* y los señores feudales comprendieron que su preminencia tutsi corría serios peligros. De aquí —muy inteligentemente— esa insólita orden de que los tutsis abrazasen el cristianismo y se hicieran con la cultura moderna.

Para los misioneros, la decisión inesperada del *Mwami* fue toda una bendición de Dios.

Franceses y belgas como eran aquellos primeros misioneros de Ruanda, recordaron, complacidos y esperanzados, que la evangelización de Europa había contado siempre con las clases dirigentes, a comenzar por los soberanos. Si los notables de los reinos o de las tribus bárbaras eran atraídos al cristianismo, la conversión del pueblo llano estaría prácticamente garantizada. Lo ocurrido en Europa podría repetirse en las nuevas tierras africanas, se decían. Pensaban, por eso, en la conversión de Clodoveo, rey de los francos, que arrastró consigo la conversión de todo su reino. Pensaban en la actuación del gran Constantino, emperador romano, quien siglos antes había reconocido la libertad de la Iglesia con su famoso edicto de Milán. Constantino había introducido el cristianismo en sus propios palacios, se había —tal vez— convertido él mismo y con todo esto había encaminado a las grandes masas del Imperio hasta la fe cristiana...

Los historiadores hubieran podido poner más de una pega a tan benévola crónica de los tiempos pasados; pero los misioneros de Ruanda, en esos primeros años del siglo XX, no podían dedicarse a comprobar la mayor o menor autenticidad de tales relatos. Para su actividad evangelizadora eran todo un estímulo y toda una esperanza. Eran toda una lección de táctica pastoral. Continuarían, por eso, evangelizando a los hutus, pero centrarían lo mejor de sus esfuerzos en la conversión del *Mwami*, de los señores feudales y de los aristócratas tutsis. De conseguir éxito apostólico entre la minoría tutsi, podría darse por descontado otro, masivo, entre los hutus.

Así las cosas, ¿cómo no iban a sentirse tentados aquellos heróicos misioneros por el tópico, mil veces subrayado por los etnólogos alemanes y belgas, de la superioridad de los tutsis? El primer obispo de Ruanda con título de Vicario Apostólico, monseñor Lon Paul Classe, dejó para la historia, en el año 1922, su testimonio personal de admiración por los tutsis. «No hay, decía, jefes mejores, más inteligentes, más dinámicos, más capaces de comprender el progreso y más aceptados por todos... los batutsis.»

Le faltó decir —aunque haya en ello un tanto de ironía— que los tutsis eran también los más guapos. Numerosas crónicas de los colonizadores de aquel tiempo exaltan la esbeltez física de los tutsis frente a los cuerpos más bajos y redondeados de los hutus. Pero el hecho es que los colonizadores —primero, alemanes; luego, belgas— se apoyaron en la minoría tutsi para la gobernación del país. Para los jóvenes tutsis abrieron las puertas de las escuelas que formaban los cuadros intermedios de la Administración. A los jefes tutsis les mantuvieron al frente de las regiones y de las alcaldías. La Iglesia, por su parte, siguió esta misma pauta. A la hora de crear seminarios, el mayor número de las plazas disponibles fue ocupado por jóvenes tutsis. Cuando se alcance el momento de designar obispos nativos, la totalidad de la diócesis será confiada a personalidades tutsis.

Este método —que entraña su tanto de injusticia, aunque entonces no apareciera tan patente— dió resultado. La evangelización de Ruanda avanzó a pasos de gigante. Por aquellos días era fácil oir a los misioneros que, al comentar tanto éxito, decían que «el Espíritu Santo estaba soplando sobre Ruanda en forma de tornado». Exacto, ciertamente, aunque no debe olvidarse la parte que le corresponde en el logro a la decisión política del *Mwami*. El hecho es que, en el corto espacio de un solo siglo raspado, Ruanda se transformó en un pueblo mayoritariamente cristiano, si se suma en un todo único el cuarenta y cuatro por ciento de la población que se confiesa católica y el doce por ciento que se afirma protestante o adventista. Junto a todos estos seguidores de Cristo, una minoría insignificante del uno por ciento que se declara adscrita al islam y hasta un cuarenta y tres por ciento que sigue aún vinculada a las religiones tradicionales, llamadas animistas.

Hay que tener muy en cuenta estos datos para valorar con justicia el drama de la Ruanda de hoy. Son numerosos los que se han escandalizado ante las terribles muertes —asesinatos, mejor— que han ensangrentado al país. Se preguntan, incrédulos, cómo han podido ser tantas y tan crueles en una sociedad fuertemente marcada por el cristianismo. Muchos misioneros y misioneras figuran, a mayor abundamiento, entre los que son presa del escándalo. Lo que significa que la Iglesia asume su cuota de responsabilidad en el desencadenamiento del drama. Pero no hay que cargar la mano sobre los cristianos ruandeses, o no hay que cargarla unilateralmente sobre ellos. Aunque mayoritarios en el país, lo eran por poco. Junto a ellos convivían otros muchos ruandeses que no se inspiraban en el Evangelio. Ni unos ni otros habían tenido el coraje de abordar de frente el problema de las relaciones interétnicas. Por miedo. Por temor a estropearlas más. Hay que volver los ojos, por esto, al curso de la historia.

A raíz de la primera guerra mundial, la Administración colonial belga suplantó a los colonizadores alemanes. Los belgas se habían establecido fuertemente en el extensísimo territorio que se denominaba en aquellos tiempos Congo y que, ahora y desde 1972, tras desembarazarse de las ataduras políticas coloniales, ha dado en llamarse Zaire (como el gran río). Por la parte oriental de esta inmensa colonia —que había comenzado por ser una «finca particular» del rey de los belgas, Leopoldo II— los colonizadores de Bruselas se asomaban al lago Kivu y adivinaban al otro lado de las aguas la pequeña colonia alemana de Ruanda. Los frentes de batalla que desangraban a Europa habían exigido que Alemania redujera a su mínima expresión la presencia de sus soldados en este pequeño país africano. Bélgica se decidió a no dejar pasar la ocasión. Ocupó militarmente Ruanda. Debilitó con ello el poderío alemán y se ofreció, además, la oportunidad de instalarse permanentemente en la antigua colonia alemana. Era el año 1916.

Con esta ocupación de Ruanda, Bélgica se quitaba una vieja espina. El reparto llevado a cabo por la conferencia de Berlín no había precisado suficientemente algunas de las fronteras entre el Congo y Ruanda; y las cancillerías de Bruselas y de Berlín habían tenido sus más y sus menos por esta imprecisión. No se debía ni a ignorancia ni a torpeza de los reunidos en la

cumbre de 1885, sino a un hecho muy normal y corriente en la tradición pastoril de los tutsis en Ruanda: su costumbre de pasar temporalmente con sus rebaños a las zonas norteñas y sureñas del Kivu. Y esto, al menos desde el siglo XVIII. La frontera del reino de Ruanda quedaba con este tradicional comportamiento de los pastores tutsis un tanto emborronada, difusa, sin contornos fijos; y de aquí el conflicto entre los colonizadores alemanes y belgas, que los interesados trataron de dirimir en 1899, con el tratado de Heligoland—Zanzíbar, y definitivamente en 1910. Ahora, con la expulsión de los alemanes, estas diferencias iban a carecer de sentido.

Pero se iba a crear, sin saberlo y sin pretenderlo, un grueso problema para los tiempos futuros. Para los de hoy. El actual propósito secesionista de los *banyamulengue* hinca aquí sus raíces.

Aquí y en la política que desarrollaron los belgas cuando se vieron dueños y señores, a un mismo tiempo, del Congo y de Ruanda; amén de dueños de Burundi, que se verá metido en ese mismo modo de proceder de los colonizadores belgas. Sobre la base de una tradición ya existente, los belgas comenzaron, sobre todo a partir de 1937, a «invitar» a los pastores tutsis a implantarse en la región de Kivu, en la zona norte y en la zona sur. Como es natural, con los tutsis emigraron no pocos hutus, tanto de Ruanda como de Burundi, por la relación de vasallaje que había entre ellos, y más si a todos, tutsis y hutus, la Administración colonial les ofrecía cinco hectáreas de tierra cultivable... El derecho matrimonial consuetudinario de los tutsis logró preservar —relativamente, al menos— la pureza étnica (¡!) de los pastores. Los hutus, por su parte, sin esas trabas del derecho tradicional, la diluyeron entre la población local de los Grandes Lagos. Se comprende, por esto y por otras razones, que bajo la denominación de *banyamulengue* se identifique hoy a los antiguos —y no tan antiguos— emigrantes tutsis de Ruanda y Burundi al Zaire; a los que, inicialmente, se conoció como *banyarmandas*.

Crónica ésta de unos hechos que están ahí, bien visibles. Hay otra de mucho mayor calado. Es una crónica interior, por decirlo de alguna manera. La crónica de la conciencia que los emigrantes tutsis se han ido formando con estos trasiegos. ¿Se consideran a sí mismos ciudadanos del Zaire o siguen pensando que son ruandeses o burundeses? Los papeles dirán lo que digan; pero lo decisorio es qué les dice el corazón, el sentimiento, la conciencia. Durante mucho tiempo los emigrantes a la región del Kivu —los temporeros y los que paulatinamente se fueron asentando en la zona— siguieron rindiendo pleitesía al *Mwami* de Ruanda y considerándose sus vasallos. La simultánea colonización del Congo y de Ruanda por parte de los belgas alimentó en los emigrantes la antigua imagen de que todo era una misma y única cosa y que las fronteras administrativas contaban muy poco. Nada más normal. Siguieron, por ello, sintiéndose ruandeses aunque en tierra extraña. Tal vez ni eso: simplemente desplazados a tierras contiguas a las suyas, con sus mismas leyes tradicionales, con sus mismos usos y costumbres, con su mismo idioma, el kinyaruanda. Seguían siendo, psicológicamente, más de allá que de aquí, más de Ruanda que del Congo.

Con el acceso del Congo a la independencia en 1960, las nuevas autoridades reconocieron a los *banyamulengue* la nacionalidad congoleña —hoy zaireña—; pero las decisiones de Kinshasa, la capital del nuevo Zaire, quedaban muy lejos y las leyes y normas de la Administración central encontraron poco eco en la región de Kivu.

Los aires secesionistas que se iban levantando, impetuosos, en varias de las regiones periféricas del país, encontraron mucho más acentuado ese sentimiento de los emigrantes tutsis. Ya se habían dejado sentir en las primeras elecciones municipales del año 1957 y se habían manifestado con fuerza en las legislativas del mes inmediatamente anterior al advenimiento de la independencia nacional. Más aún a los cinco días —sólo a los cinco días— de ese 30 de junio de 1960 en el que el rey Balduino en persona proclama en Leopoldville el término del período colonial belga. La lucha entre los partidarios de un Estado federal y los que patrocinan uno unitario y centralizado se materializa en la proclamación de independencia de Katanga. Le sigue la proclamación de independencia de la región de Kasai. La región de los Grandes Lagos, desde el norte al sur de Kivu, y la del Alto Zaire o región de Kisangani conoce en 1963 la increíble violencia de los *simbas* o leones.

Este frenético movimiento secesionista, con los consiguientes dinamismos de signo contrario, desnutren el nuevo Estado durante no menos de cinco años. La paz —y la unidad— llegará por las armas del general Mobutu. Pocos meses después, poderoso con victoria, se hará elegir presidente de la República. Su autoridad llegará hasta hoy, pese a su inicial promesa de no mantenerse en el poder sino por un tiempo limitado...

Las armas, sí, imponen la paz; no la crean. Las armas no llegan a dominar los corazones. Y lo sembrado en éstos tarde o temprano acaba por germinar y florecer. Las experiencias secesionistas de los cinco primeros años del Congo independiente fueron siembra de nuevas y reiteradas secesiones para el futuro. Que es, precisamente, lo que está ocurriendo hoy en las regiones norte y sur de Kivu.

Todo parece haberse puesto de acuerdo para dar alas a la secesión de esta hermosa —y miserable— zona de los Grandes Lagos. El mariscal Mobutu, aquejado de cáncer, no es más que una sombra del que fue. Refugiado detrás de sus diez mil soldados de elite que actúan como poderosos guardias personales del presidente, sólo sigue en su puesto de mando por el favor que le han dispensado las potencias occidentales y porque los políticos del Zaire temen el vacío de poder que podría producirse si el mariscal desapareciera de escena. El pueblo, que ha llegado a desear un cambio en la presidencia de la República, ha cedido por fin a la tentación de considerarlo un mesías salvador, porque como tal lo presenta la machacona propaganda del régimen y porque no se le oculta que la clase política del país está dividida en mil facciones encontradas que luchan entre sí.

Pero esta unidad, aparente y coyuntural, no impresiona a los secesionistas de Kivu. Mobutu no es para ellos más que un hombre acabado, consumido, sin posible compostura. «Ahora o nunca», se dicen los *banyamulengue*. Ha llegado su hora. Y tanto que se deciden a cambiar de nombre. Si siempre se los había conocido por el de *banyarwandas*, incluyendo en la nominación a todos los emigrantes originarios de Ruanda, tutsis y hutus, desde 1964 los secesionistas tutsis se denominarían *banyamulenge*, «los de las colinas o montes Mulenge».

Tienen frente a ellos, además, un ejército tan destruido o más que su mariscal. Mal pagados —o, simplemente, no pagados ni mucho ni poco— se ven obligados a sobrevivir a golpe de robos y de pillajes; a detener a pacíficos ciudadanos y exigirles un rescate económico para volverlos a la libertad; a abusar de su prepotencia armada para explotar a los refugiados y arrebatarles sus pobres pertenencias. Los ha denunciado en sus escritos el arzobispo de Bukavu, en su manifiesto el grupo Jeremías... Lo que tienen enfrente los guerrilleros *banyamulengues* no es un ejército ni son unos soldados. Son unas partidas sin disciplina y sin orden. Unos uniformes desmotivados, desmoralizados, sin voluntad alguna de luchar y de dar la vida por la patria.

¿Ellos? Todo lo contrario. Durante la última guerra civil de Ruanda, entre abril y junio de 1994, sumaron sus contingentes a los del Ejército Patriótico Ruandés. Recibieron adiestramiento militar, aprendieron disciplina, dispararon con armas último modelo. Luego, lograda la victoria e implantado en Kigali un nuevo poder —tutsi, por descontado—, muchos de los guerrilleros decidieron permanecer en Ruanda para perfeccionarse en las artes militares. Durante algo más de dos años.

No son, pues, unos improvisados y apasionados guerrilleros. Son todo un ejército de liberación nacional que se permite desafiar al mariscal Mobutu e incluso hasta amenazarlo con derrocarlo del poder. La verdad es que no pretenden —por más que lo digan y proclamen— llevar sus tropas hasta Kinshasa. Se contentan y les basta con «liberar» todo el Kivu. Hoy ya tienen más de mil kilómetros cuadrados bajo su autoridad. Lo anuncian a los cuatro vientos. Saben que con ello cubren de vergüenza al mariscal presidente del Zaire. Saben que sus triunfos demuestran que los soldados zaireños habían escapado como conejos en cuanto vieron a sus hombres armados.

La partida, con todo, no está terminada definitivamente. Mobutu ha dado orden de recomponer sus divisiones en el Kivu. Ha cesado al ministro de

Defensa que permitió la derrota de los soldados zaireños y ha designado para el cargo al militar más valiente. O, al menos, al más violento y furioso, el general Baramoto-Kpama.

Se avecina la confrontación.

Cuando llegue —si, por desgracia, llega— los ejércitos de Ruanda, de Burundi y de Uganda harán frente común con las tropas de los *banyamulengue*. Está cantado. Tal vez esté incluso pactado, comprometido, convenido. Los soldados ruandeses han luchado ya junto a los *banyamulengue*. Lo siguen haciendo. Por mucho que Kigali lo desmienta. Por mucho que trate de difundir la idea de que la guerra en la región de Kivu es un conflicto interno del Zaire.

Entra en la lógica. El movimiento secesionista del Kivu no podría prosperar si en los Grandes Lagos seguían asentándose los refugiados, el millón largo —millón y medio— de refugiados hutus. Había, pues, que solucionar esto antes que nada. A los ojos del movimiento secesionista, los refugiados no eran simples refugiados. Eran los hutus que habían asesinado en Ruanda a medio millón, a ochocientos mil ciudadanos, tutsis en su mayor parte. Que esta estadística estuviera inflada; que no tuviera en cuenta que las muertes habían sido de ambas partes; que el genocidio no era obra exclusiva de los hutus sino que con igual pasión se habían empleado los tutsis en matar a sus enemigos hutus, eso no contaba para nada. ¡Cuándo se ha visto que el vencedor de una guerra reconozca sus abusos y sus atropellos!

Acabar con los refugiados era una exigencia ineludible si la secesión aspiraba al triunfo. Porque no era cosa de implantar la gobernación autónoma del Kivu con un millón, y más, de potenciales enemigos dentro. A las ambiciones —o aspiraciones— de los *banyamulengue* no les quedaba otra opción que la de hacer desaparecer a los refugiados hutus. El modo de llevar esto a cabo lo dictarían los acontecimientos.

Había otra razón añadida. Quizá, incluso, la primera. En los campos de los refugiados se estaba preparando la recomposición de las milicias hutus con las miras puestas en la reconquista de Ruanda. Se estaba preparando la invasión militar que debería derrocar el poder tutsi en Kigali. Había que acabar, pues, con los futuros invasores antes de que éstos levantaran la cabeza. «Quien da primero, da dos veces.» Confluían pues los intereses del Ejército Patriótico Ruandés y los intereses de los secesionistas *banyamulengue*. Era del todo justo que ambos ejércitos sumaran sus efectivos. Les iba a tocar luchar, a un mismo tiempo, contra los soldados zaireños y contra las milicias *interahamwes*. Los primeros contaban muy poco; los segundos no habían recompuesto aún sus formaciones. La victoria estaba asegurada. Una vez más resultaba cierto el dicho popular de que «no basta con matar al bicho, hay que enterrarlo». Los milicianos hutus habían sido «matados»; no estaban, sin embargo, bajo tierra. Estaban escondidos y ocultos entre los refugiados, de los que se servían como de «escudos humanos». No tenían muy definido qué debían hacer; sí decidido que había que hacer algo.

Por septiembre de 1996 comenzaron los primeros enfrentamientos entre los soldados zaireños destacados en Kivu y las formaciones de los *banyamulengue*. La guerra se inició en la región norte. Se intensificó y pasó al sur a los pocos días. Los milicianos *interahamwes*, en un principio, se mantuvieron al margen mientras combatían soldados zaireños contra tutsis zaireños. Pronto advirtieron, sin embargo, que era una guerra desigual en la que la derrota de los soldados del Zaire tenía que darse por descontada. Advirtieron, además, que contingentes del Ejército Patriótico Ruandés estaban combatiendo el flanco de los tutsis zaireños y que hasta el Gobierno de Kigali se había inventado, para justificar la presencia de sus soldados en tierras zaireñas, que el mariscal Mobutu andaba preparando una invasión del suelo ruandés. Era difícil que este artificio prosperara a los ojos de la comuni-

dad internacional; pero, al menos por el momento, justificaba un hecho absolutamente injustificable. El apoyo a los secesionistas tutsis zaireños no pasaba de ser una brutal injerencia de Ruanda en un problema interno de la República del Zaire. Pero mientras se desmontaba la patraña, la conquista territorial de los *banyamulengue* seguía avanzando incontenible. El riesgo para los *interahamwes* era total.

El conflicto se acercaba ya a los campos de refugiados. A los *interahamwes* y al resto del ejército del anterior Gobierno de Ruanda les quedaban varias salidas. Huir a los montes impenetrables del Masisi; hacer frente al combinado militar de los *banyamulengue* y los soldados tutsis ruandeses; o pasar a la patria natal confundidos en la impresionante masa del millón y medio de refugiados. Unos optaron por la primera opción. Del orden de doscientos mil a trescientos mil, refugiados y milicianos juntos, que todavía hoy andan errantes, olvidados de todos. La alternativa del enfrentamiento bélico fue descartada porque resultaba suicida para los milicianos, asesina con relación a los refugiados civiles.

Se optó por la tercera posibilidad. Era arriesgada; equivalía a meterse en la boca del lobo. Era, sin embargo, la menos mala de las tres. Era la que podía seguir alimentando las esperanzas de una reconquista militar de su nación. Con los refugiados tratarían de penetrar en Ruanda milicianos y soldados derrotados un día. Se la jugaban a una sola carta, es cierto; pero, ¿qué podían hacer? ¡Mala suerte para aquellos compañeros que fueran reconocidos en el paso de la frontera!

Para disminuir este riesgo en la medida de lo posible, tenían que forzar la larga marcha de los refugiados. Cuantos más se prestasen a protagonizar el impresionante éxodo, mejor para ellos. Sólo la llegada masiva, incontenible, tumultuosa de miles y miles de refugiados a una única frontera, allá por Goma, podía producir el milagro de que numerosos milicianos y soldados hutus la traspasaran sin ser descubiertos. Dentro ya de Ruanda, verían el modo de organizarse para, cuando fuese posible, iniciar la guerra de liberación. Si ésta no resultaba viable, siempre les quedaría el recurso o la estrategia de las guerrillas. Y, en el peor de los casos, de morir, morir matando.

¡Lo habían rumiado tantas veces en los campos de refugiados! ¡Habían alimentado esta sed de venganza durante tantos días, tantas semanas, tantos años! Los hermanos maristas, para los que no habían pasado inadvertidos estos propósitos de revancha que se iban abriendo camino en Nyamirangwe, sufrían al ver cómo se alejaba la posibilidad de una reconciliación entre hutus y tutsis. Con su arzobispo, el de Bukavu, responsabilizaban de este fracaso a la inhumana pasividad de la comunidad internacional; y, en primer lugar, a la pasividad —¿interesada?— de los Estados Unidos.

Para estas fechas ya habían podido rescatar de las aduanas el deseado teléfono vía satélite. Disminuyeron, por eso, las comunicaciones escritas. Por eso y porque la situación era muy tensa.

Lo ha lamentado el superior general de la congregación de los hermanos maristas, Benito Arbués. Hablaba con el hermano Jeffrey, consejero general.

Durante la segunda quincena de este mes de octubre del 96 habían llamado dos y hasta tres veces al día a la comunidad de Bugobe. Benito le dice a Jeffrey: «¡Qué lástima que no hayamos grabado las conversaciones que tuvimos por teléfono con Servando! Serían todo un testimonio de valor, de serenidad, de fe».

Capítulo siete

«¿ME perdonará Dios? ¿Podré volver a ser hombre?»

Con estas angustiadas y terribles preguntas terminaba su relato. Lo había comenzado con una impresionante confesión: «He matado a dos niños».

No acertaba a articular palabra. Sollozaba. Lloraba. Estaba roto, hundido, desesperado.

«Yo los quería. Habían venido a refugiarse en mi casa. Comían lo que yo comía. Dormían cerca de mí. Los protegí con todo mi corazón. Eran tutsis, yo soy hutu.»

Se calló. Una vez más. Respiraba hondo, como si se le fueran a reventar los pulmones. Como si no pudiese ya más con una especie de peso que le presionaba el pecho. Por fin...

«Un día por la mañana temprano, un grupo de hombres vino a visitarme. Eran de mi misma etnia. Ignoro cómo llegaron a saber que tenía conmigo a dos niños tutsis. Nos sacaron de la vivienda a toda la familia: a mi mujer, a mis hijos, a mí. Y a los dos niños que habíamos acogido. Ya en la calle me pusieron en la mano un machete. «O matas a esos dos, o te matamos, uno a uno, a ti y a todos los tuyos.»

Nuevo silencio. Nuevo llanto. No podía con la vergüenza que se le ceñía al alma.

«Padre, lo hice.»

Se hundió aún más. Encorvó aún más sus hombros. Dejó caer sus brazos a lo largo del cuerpo. Apenas tenía fuerzas para mantenerse en pie. Por último, los dos terribles y angustiados interrogantes: «¿Me perdonará Dios?» «¿Podré volver a ser hombre?».

Lo ha contado Germán Arconada, misionero Padre Blanco durante muchos años en los Grandes Lagos, huido de aquella zona tras haber sido objeto de varias amenazas personales de muerte. Antes de regresar al corazón herido de África ha querido dejar constancia de este pasmoso testimonio. Para demostrar que no cabe liquidar la guerra fratricida entre hutus y tutsis con la injusta —amén de estúpida— etiqueta de «salvajadas». Durante el genocidio —los genocidios, más bien— ha habido magníficos comportamientos de humanidad. Por parte de los hutus. Por parte de los tutsis. Ha habido crueldad inimaginable. Ha habido también —pero esta verdad se deja a un lado— inimaginables ejemplos de perdón, de solidaridad rayana en la frontera misma de lo heroico. Cientos, miles de casos de hutus que han salvado la vida de muchos tutsis; y cientos, miles de casos de tutsis que han salvado la vida de muchos hutus.

No era nada fácil este comportamiento. Ni para los tutsis ni para los hutus. Cada mano tendida en signo de fraternidad equivalía a firmar la candidatura a la propia muerte. Las pasiones andaban desatadas, avanzaban ciegas, insensibles, fieras. El reloj del tiempo se había parado. Marcaba la hora de la gran venganza, la del revanchismo sin límites. Era el minuto fatal en que explota el odio acumulado durante una larga historia, en que el «aguante» cede paso a una explosión incontrolada. Incontrolable. El hermano Servando se acordaría en este trance de las palabras que le había escuchado al padre Carlos: «Aguantan, hasta que explota todo de forma violenta».

El aguante secular de los hutus explotó en 1962. El 1 de julio accede Ruanda a la independencia política. Seis meses antes, el presidente del primer gobierno autónomo del país, el hutu Gregoire Kayibanda, había proclamado la república. Ruanda, por decisión de las urnas, ponía fin a la monarquía que desde el siglo XVI, si no desde el siglo XIII, había regido los destinos de la nación. El *Mwami*, acompañado de sus cortesanos, todos ellos señores feudales tutsis, emprendía el camino del destierro. Como ocurre siempre en estos lances, se alzó la palabra, el grito maldito: «¡Volveremos!». Lo que equivalía a decir que en un futuro, sin que nadie supiera todavía cuándo, se encendería la guerra civil en el país.

El proceso hasta llegar a la proclamación de la república no había sido demasiado largo. Sí muy intenso. Sí muy intensamente vivido. Por parte, sobre todo, lógicamente, de los hutus, mayoría aplastante en el país, dependiente hasta entonces de la minoría tutsi. Ruanda nunca había sido colonia de Bélgica, aunque, para ahorrar explicaciones, siempre se la presenta como tal. Era oficialmente un mandato, una nación

confiada por la Sociedad de Naciones, en el año 1923, al cuidado de los belgas. A la hora de la verdad, con el mandato se actuó como si se tratara de una auténtica colonia, salvo en lo referente a la tradicional estructura feudal del país y a la soberanía del *Mwami*, que permaneció intacta. Fue gobernada por los belgas como si se tratara de una colonia incorporada a la Administración del Congo sólo un año después de recibir el mandato.

Pero, oficialmente, era un simple mandato; y de aquí que, en 1952, la Organización de Naciones Unidas —sucesora, para el caso, de la Sociedad de las Naciones— decidiese potenciar la gobernación autónoma de Ruanda. El país tenía que dotarse de consejos consultivos locales y regionales y hasta de un

Consejo central superior por medio de elecciones democráticas: «un hombre, un voto».

Eso tan elemental, en principio, de «un hombre, un voto», comportaba una fuerza revolucionaria. Situaba a la masa hutu a la misma altura que la aristocracia tutsi. Se inauguraba de este modo un largo recorrido en la conciencia social de los hutus. Desde la alienación en que se hallaban sumidos por los avatares de su propia historia, iban a recuperar la condición perdida de ser tanto como los tutsis. Iban a dejar de ser «siervos». Iban a dar al traste con la secular norma del *ubuhaké*, el inmemorial contrato de vasallaje que les constreñía a trabajar todos los años durante un tiempo para la economía del *Mwami*, bien cuidando los rebaños del soberano, bien aportándole una parte de sus cosechas.

Desde luego, esta novedad representaba una radical revolución.

La publicación de un denominado Manifiesto de los bahutu, en 1957, fijó hasta qué punto había avanzado ya el proceso de desalienación. Contenía una formidable requisitoria contra el dominio feudal de los tutsis y exigía que se pusiera fin a todo un entramado políticosocial que visto desde fuera —pero no así por los que tenían que padecerlo— resultaba armonioso, incluso idílico. Si el entramado había funcionado durante siglos en paz y sin tensiones, replicaban los tutsis, ¿por qué ahora se quiere arrojar por la borda?

No cabía más que una respuesta. La armonía invocada era el amargo fruto de una alienación colectiva de los hutus, el producto injusto de un complejo de inferioridad racial que los hutus habían asumido con el paso de las generaciones. En el fondo más oculto de sus conciencias quedaba aún un pequeñísimo rescoldo de disconformidad —incluso, tal vez, de modo puramente instintivo— que no se avenía a dar por convincente la conseja de que «así habían sido siempre las cosas y que así debían seguir siendo». De esas brasas, nunca extinguidas —y ahí estaba para evidenciarlo el refranero hutu— brotó la llama cuando los nuevos aires de «un hombre, un voto» las reanimaron.

La Asociación para la promoción de la masa, Apromosa, prolongó el grito del Manifiesto de los bahutu y, sin andarse por las ramas, exigió explícitamente la renuncia del *Mwami*. También en 1957, el Parmehutu, o Partido del Movimiento de Emancipación hutu, —¡qué significativo ese santo y seña de la «emancipación»!— reclama una democracia auténtica, lo que es igual a pedir que sean las urnas quienes confíen el gobierno a los más votados; perdiendo la etnia su poder.

La resistencia de la minoría tutsi ante estas reiteradas amenazas de arrebatarles el poder no necesita de mayor relato. Ruanda vive bajo la sangre y el fuego en las vísperas —cuatro años, más o menos— de alcanzar la independencia con el signo republicano.

Se produce el primer gran éxodo de tutsis a los países vecinos. De modo muy acentuado a la vecina Uganda y —dato para tener muy en cuenta— hacia el norte y el sur de Kivu, en el Zaire. Según estimaciones de la ONU, ya para el año 1960 se habían asentado en esta región no menos de doscientos mil ruandeses, entre los de la antigua emigración y los de la más reciente.

Con la proclamación de la república en Ruanda, Kivu asistió a la llegada de nuevos contingentes de emigrantes ruandeses. En su mayor parte —ocioso es subrayarlo— de la etnia tutsi. Con las oleadas sucesivas de nuevos emigrantes y refugiados tutsis, éstos, en el norte y en el sur de la región, llegaron a ser totalmente mayoritarios en los asentamientos. ¡Hacía ya años, desde el evocado 1964, que habían decidido llamarse *banyamulengue* para marcar fuertemente este predominio étnico de los tutsis zaireños sobre los hutus zaireños!

Y para marcar que «los hombres de las colinas y montes de Mulenge» no renunciaban a sus aspiraciones autonomistas, si es que no secesionistas. Llevaban años acariciándolas. Desde que en varias regiones periféricas del Zaire —y Kivu lo era con mayores títulos que otra alguna, ¡tan lejos de Kinshasa!— se habían originado fuertes movimientos de secesión, anteriores y posteriores a la proclamación de la independencia del país.

La torpe política de Mobutu de retirarles, en 1971, el «derecho» a ser reconocidos automáticamente como ciudadanos del Zaire no había producido el efecto que el mariscal perseguía con esta medida. Pensó que con ella se reafirmaría entre los *banyamulengue* la conciencia de su condición de emigrantes foráneos; sólo sirvió para potenciar las reivindicaciones autonomistas de los así segregados. Comenzaron a exigir el reconocimiento de la lengua kinyaruanda como lengua oficial en esa zona del Zaire. Reclamaron los títulos de propiedad de las tierras que la colonia les había asignado y de otras que ellos mismos habían arrebatado a la selva. Reivindicaron que no se los molestara por el mantenimiento y afianzamiento de sus vínculos con su patria de origen.

Los emigrantes estaban resultando demasiado pesados y quisquillosos a juicio del poder central. Los soldados desplazados a la región del Kivu conocían más o menos el menosprecio que suscitaban los tutsis zaireños en las altas esferas de sus mandos y en las altas instancias del poder político. Muchos de ellos, además, se habían enriquecido aparatosamente. Los rebaños que pastoreaban eran los mejores, los más lucidos, los más sobrados. Sus tierras, las más productivas. Nadie quería pararse a recordar el duro trabajo que tuvieron que afrontar muchas veces los emigrantes. Se habían asentado en tierras desocupadas y habían tenido que empeñar muchos sudores para su primera roturación. Pero, ahora, desatadas las envidias y los celos —si es que no también los odios—, los comentarios eran otros muy distintos. «¡A costa de los zaireños!», se decían. «Con el sudor de la frente y a expensas de los desgraciados bahundés, de los pobres banandés, de los sufridos batembos, de los bashis y de los bayangas.» Las gentes de estas tribus, que con tanta hospitalidad habían recibido un día a los primeros emigrantes tutsis, ahora eran objeto de los desprecios altaneros y de la prepotencia orgullosa de los sucesores de aquellos muertos de hambre que no habían encontrado de qué comer en su patria...

Así se decían entre sí los soldados que Mobutu tenía abandonados a su suerte. Era el discurso habitual, desgraciadamente, con el que los nativos del lugar, de cualquier lugar de la Tierra, castigan a los llegados de fuera si éstos tienen la fortuna de hacerse con unos bienes y un estilo de vida que deja atrás el de los nativos y la cuantía de sus posesiones. En este caso concreto, ese discurso era un discurso interesado y, en muy buena parte, injusto. Si los tutsis zaireños habían labrado su riqueza con engaños y astucias a costa de aquellos pobres clanes, ¡qué más justo que, ahora, la compartieran, de buen o de mal grado, con ellos, con los soldados que llevaban la representación nacional en el cañón de sus fusiles!

Sobre las posesiones y los rebaños de los *banyamulengue* se cebó el hambre canina de los soldados zaireños. La réplica de los tutsis zaireños a estos desmanes de la tropa en armas no podía ser otra que la de armarse ellos, «los hombres de Mulenge», a su vez. Laurent Désiré Kabila acertaría a encauzar y a organizar la ira de los pastores y cultivadores *banyamulengue* contra los soldados zaireños. Más aún, acertaría a convertirse en el representante de sus aspiraciones más o menos secesionistas.

Kabila había sido oficial en el ejército republicano del Zaire. Conocía, pues, el oficio. Podía conjuntar un ejército. Y lo conjuntó, disciplinado y motivado. Por bandera, al menos en sus declaraciones públicas, la regeneración del Zaire y, para ello, la decisión de acabar con Mobutu; la decisión de implantar en el país un gobierno sano, ajeno a cualquier tipo de corrupción. Muchos observadores internacionales entendieron que, detrás de esas proclamas, había otra todavía no confesada abiertamente: la secesión de todo el Kivu. El empeño, aunque difícil, no era imposible. La República del Zaire era un inmenso caos. Hasta la lejanía del norte de Kivu habían llegado ecos de las denuncias que la Conferencia Episcopal del país había hecho públicas, una vez más, contra la abominable corrupción que estaba desintegrando la zona. El Zaire ya no era una nación soberana. Era un choque permanente de banderías. Los partidos políticos eran simple expresión de las diferencias de clanes y tribus que reclutaban a sus seguidores con el señuelo de situarlos algún día por encima de todos los demás. Eran clientelas los que postulaban, no militantes de unos principios o de una ideología. Los obispos, analizada esta situación, y denunciados los manejos que inspiraba el mariscal para enfrentar a unos contra otros y mantenerse de este modo como «el padre de la patria», «el único salvador», «el mesías esperado», habían afirmado resueltamente que el Zaire se encaminaba hacia el suicidio.

Hasta el lejano Kivu llegaban también los rumores de que Mobutu estaba aquejado de un rabioso cáncer que le corroía las entrañas. Por las noticias que circulaban, tenía los días contados. Además, a causa de la enfermedad o con el pretexto del cáncer, el mariscal pasaba largas temporadas en Europa. Demasiado largas. Cada vez más frecuentes. También se oía decir que descansaba en una villa lujosísima en la Costa Azul, un magnífico palacio de ensueño, valorado por las inmobiliarias en unos 1 500 millones de pesetas. O en un hotel de Suiza, de gran alcurnia y abolengo, por el que habían desfilado en otros tiempos las mayores grandezas —y riquezas— del Viejo y del Nuevo continente. Que en su país, tan potencialmente rico, el pueblo estuviese pasando hambre, hambre de verdad, como jamás se había padecido, era un triste hecho que a él parecía importarle muy poco.

Para colmo de males, no existía la menor inteligencia entre el presidente Mobutu y el gobierno que rectoraba el primer ministro Léon Kengo wa Dondo; ni entre éste y muchos mandos de la cúpula militar. Las fuerzas sociales de la nación, desde los partidos políticos y los sindicatos a las instituciones culturales y la misma Iglesia, habían conseguido del dictador, después de treinta y un largos años en el poder, la constitución de una conferencia nacional soberana. A la conferencia se le confiaba el cometido de traer la democracia al Zaire, sanear las instituciones públicas, corregir a una Administración ineficaz y corrupta, prestigiar al ejército y recomponer el tejido social. ¡No logró nada! Meses y aun años de forcejeo entre Mobutu y la conferencia nacional soberana no sirvieron sino para aumentar la confusión en el país y para dilatar la resolución de los problemas. La conferencia, cuya presidencia había sido confiada por unanimidad de los asambleístas a Monsengwo, arzobispo de Kisangani, había trabajado bien; pero Mobutu torpedeó todas sus conclusiones, despreció sus propuestas, contradijo sus deseos. A duras penas, muy a duras penas, reconocía a Léon Kengo como jefe de Gobierno. Lo despreciaba y desautorizaba de continuo. Zaire estaba huérfano de autoridad.

Kabila supo pulsar bien todas estas teclas ante los jóvenes *banyamulengue*. Consiguió aunar sus voluntades contra Mobutu, el viejo «rey leopardo» ya sin zarpas, o que sólo las tenía para seguir robando a su país. Kabila se constituyó en el líder carismático de los secesionistas. Se les declaró presto a plantar cara al mismísimo dictador.

Y, ¿las armas? ¿Con qué armas?

Esta pregunta carece de sentido en el África de hoy, transformada en un impresionante mercado de armamento. Sólo en Sudáfrica, a ciencia cierta, se fabrican armas. Puede ser que también se fabriquen algunas en Libia. Es probable que las fabrique Egipto. Todas las demás, absolutamente todas, provienen de tierras ajenas al continente. Desde China a los Estados Unidos, pasando por Rusia, Alemania, Inglaterra, Francia. Pasando por España. Al África de hoy llegan, para su gran desgracia, armas de los más variados y encontrados países. No es ningún secreto.

El miércoles 22 de enero de 1997, sin ir más lejos, Malcolm Rifkind, ministro de Asuntos Exteriores a la sazón, se vio obligado a reconocer en el Parlamento del Reino Unido que la firma MilTec había librado armas desde la isla de Man, al norte del mar de Irlanda, por valor de casi tres millones y medio de libras esterlinas. En esos días estaba decretado por la ONU el embargo mundial de envío de armamento a la zona de los Grandes Lagos. Y, sin embargo, ese cuantioso envío tenía un destino muy preciso: las milicias *interahamwes* que se estaban preparando para la reconquista de Ruanda... No es más que un botón de muestra.

Y, ¿las armas? Désiré Kabila sabía que para su empresa podía contar con la colaboración de los tutsis que desde 1960 habían encontrado refugio en Uganda. Allí, en ese país fronterizo, otro militar, el coronel Kagamé, había dedicado los días y las noches al adiestramiento férreo de las unidades que enviaría a Ruanda y a las que había jurado conducir victoriosas hasta la capital, Kigali. Así fue.

Pero este rutilante triunfo, que acabó con la gobernación de la mayoría hutu y repuso en el poder a la minoría tutsi, está pidiendo una crónica más detallada.

Ésta se remonta a los días de la independencia del

país, que acabó con la monarquía tradicional de Ruanda. Entre los tutsis que acompañaron al *Mwami* en su destierro se encontraba un niño de cuatro años. Su nombre, Paul. Su apellido, Kagamé. Sus padres, a los que el pequeño acompañaba hacia el exilio, estaban emparentados con la familia real; un parentesco lejano, según parece. Cierto, sin embargo. Y es preciso tomar buena nota de esta regia consanguinidad. Sirve, en efecto, para imaginar el ambiente en que creció el pequeño Paul, rodeado siempre de personalidades y mandos que no se avenían al destronamiento de su soberano y, menos aún, a la pérdida de un poder secular, fuera éste monárquico o no. Que en Kagamé, andando el tiempo, no lo sería. Pero el poder, sí.

Kagamé, como tantos de sus compañeros de destierro, hubo de realizar sus estudios de primaria y secundaria en inglés, por ser idioma oficial en la antigua colonia que ahora les prestaba acogida. Pasó, luego, a completar su formación a Tanzania, en la Universidad de Dar es Salaam. En ese tiempo de sus años jóvenes y en ese país, frecuentó círculos intelectuales aquejados de filomarxismo. Vuelto a Uganda, prosperó en la carrera militar. Junto a los suyos, los tutsis ruandeses exiliados con los que compartía la voluntad de revancha y los sueños de establecer el poder tutsi en Kigali, ayudó personalmente a las guerrillas del National Resistence Army de Museveny a alzarse con el poder en esta nación en 1986. Todos sumaron sus fuerzas para el logro de la victoria de Museveni contra Milton Obote, presidente de Uganda.

Los buenos oficios de Museveni ante las autoridades militares de los Estados Unidos le consiguieron a

Kagamé una beca de estudios para su perfeccionamiento profesional en una academia militar. Según se rumoreaba, la estancia en Norteamérica y la caída del comunismo en Rusia, a una con el desmoronamiento del muro de Berlín, en 1989, dieron al traste con sus aficiones marxistas.

No así con sus ansias de poder ni con sus inclinaciones a una autoridad fuerte, implacable. El alejamiento de las veleidades marxistas de su juventud no lo condujo a reconsiderar su posicionamiento ante el hecho religioso. Paul había sido bautizado, a petición de sus padres, a los pocos días o semanas de haber amanecido en esta vida. Joven ya, se alejó de la Iglesia. Peor aún: odió a la Iglesia. Algunas de sus manifestaciones públicas al respecto no permiten abrigar dudas. Exponía los motivos de ese odio y es justo reconocer que, desde el punto de vista de los tutsis exiliados y perseguidos por los hutus, sus razones eran fuertes.

Denunciaba, antes que nada, el conflicto existente entre los obispos y el poder del Estado. Aquella jerarquía que desde su primera hornada en 1952 y que hasta las vísperas de la independencia había estado configurada exclusivamente por prelados de la etnia tutsi, se había transformado en una Conferencia Episcopal mitad tutsi, mitad hutu.

Dos aires, político el uno, eclesial el otro, habían acelerado esta transformación. Por parte política, el aire nuevo de las ideas democráticas que se respiraba en toda África en la medida en que las colonias africanas se acercaban a pasos agigantados a la independencia nacional. El proceso había iniciado sus primeros pasos en la Ruanda del quinto decenio. Por parte eclesial, estaba la nueva singladura que había dado a la Iglesia la convocatoria y celebración del concilio Vaticano II, entre 1959 y 1965. Del concilio había salido, aunque con otros términos, la opción preferencial por los pobres; y ésta, a modo de consigna con magníficas raíces teológicas, había arrastrado a las Iglesias del Tercer Mundo a replantearse muchos posicionamientos heredados de la época colonial. En Ruanda, concretamente, a la revisión de los viejos y encanallados prejuicios de la superioridad de la etnia tutsi; de los tutsis —vale la pena recordarlo ahora— que un obispo había calificado como «los mejores jefes, los más inteligentes, los más dinámicos..». Hasta el ochenta por ciento de los sacerdotes ruandeses pertenecía a la etnia tutsi, allá por el citado quinto decenio.

Estos nuevos aires, políticos y eclesiales, se fundieron en la sociedad ruandesa. Mientras los nuevos políticos publicaban manifiestos y creaban asociaciones para la emancipación de los hutus, desde la Iglesia los sacerdotes y los catequistas hutus reafirmaban el derecho a la democracia, las puertas de los seminarios se abrían, francas, a los hutus que querían ser sacerdotes y Roma iba sustituyendo a los obispos tutsis por otros de la etnia hutu.

Nada de esto habría sido posible —conviene destacarlo— si ya desde tiempo atrás los misioneros no se hubiesen dedicado a la formación de las masas hutus en las catequesis, en las escuelas, en los institutos, en los centros de educación profesional y agrícola. Ni podía haber sido de otro modo, habida cuenta que la gran masa del pueblo ruandés era hutu y que el criterio de ganarse primero a la clase con mayor autoridad tenía como objetivo último la evangelización más acelerada y multitudinaria del pueblo. Los nuevos obispos hutus ya eran desde hace algunos años sacerdotes hutus; y los jóvenes hutus que llamaban a las puertas de los seminarios habían sido previamente alumnos de los centros de educación de la Iglesia. Los sermones que apoyaban la implantación de la democracia por considerarla un derecho fundamental recogían el contenido de los libros de ciencia política, de sociología y de ética social que se impartía en los seminarios. Es fácil que tal enseñanza, a cargo de misioneros extranjeros en su mayoría, a los seminaristas les sonara como la de unos principios lejanos, faltos de incidencia en la realidad de su país, algo propio de la refinada Europa. Pero cuando los aires democratizadores comenzaron a soplar en el seno de las comunidades cristianas, aquellos principios renacieron con una nueva luz, una nueva vitalidad, una gran fuerza de inspiración. La que los sacerdotes hutus alzaban en sus homilías y los obispos en sus cartas pastorales.

Kagamé —y aquí hace justicia a la Iglesia aunque sea para manifestarse contrario a ella— responsabiliza al cristianismo de haber alimentado en los hutus la conciencia de su emancipación. No le perdona que el primer presidente de la República de su pueblo, Grégoire Kabiyanda, hubiese sido seminarista, que su elección estuviese apoyada por los catequistas y que los obispos saludasen con tanto entusiasmo su elevación al poder.

Que era la elevación de los hutus al poder. El derrocamiento del sistema feudal de los tutsis. La pérdida de sus seculares privilegios. ¡La Iglesia tenía su buena parte de culpa y de responsabilidad en estos, para los tutsis, tan aciagos aconteceres!

Hay que decir en honor de Grégoire Kayibanda que en los años que fue presidente, particularmente en los iniciales, tendió su mano de reconciliación a los tutsis. En vano, sin embargo. Los tutsis no se contentaban con la promesa, tan cacareada, del respeto debido a las minorías que Kayibanda trataba de garantizar en el país. No se conformaban con el veredicto de las urnas. Así las cosas, la paz en Ruanda no era posible. Ocurrió lo que, en buena lógica, tenía que ocurrir. Las posturas de los unos y de los otros se fueron radicalizando, lo que produjo abundantes choques entre las partes interesadas. La historia de la Ruanda independiente recuerda la larga sucesión de enfrentamientos armados entre tutsis y hutus en el 63, en el 66, en el 73. Un golpe de Estado por los militares trató de poner orden en la situación. Ocurrió el 5 de julio de 1973. Su protagonista, el general Juvenal Habyarimana, se hizo con las riendas del Estado. Era hutu.

Sus proclamas no podían tener mejores intenciones. Habyarimana se presentó al pueblo con la decisión de devolver la paz a todo el país. Pidió el esfuerzo mancomunado de toda la población para impulsar el desarrollo del país. Levantó la bandera de la unidad de todos los ruandeses sin distinción de etnias y juró que promovería la igualdad de oportunidades para todos.

Sus mensajes no apaciguaron a los tutsis. No les satisfacían las palabras de igualdad. Reivindicaban su antigua preeminencia. La respuesta por parte de los hutus a esa impopular y demencial reivindicación no fue otra que la de un aumento espectacular del extremismo que negaba el pan y la sal a sus adversarios tutsis. Durante el gobierno de Kayibanda se habían constituido grupos de extremistas; con Juvenal Habyarimana en el poder se multiplicaron por todo el país.

Estaba en juego el ser o no ser de la democracia. Llegados a este extremo, decían, no cabía andarse con contemplaciones y miramientos. No hay lugar a una política de mano tendida ni a fórmulas de respeto a unas minorías que a su vez no están dispuestas a respetar los derechos de la mayoría.

Era tanto como pronunciarse por la guerra sin cuartel. Su lema —el de los extremistas hutus— era brutal: «Vale más matar que ser matado». Asesinar antes que morir asesinado. Y el lema caló hondo en una parte muy notable del pueblo hutu, en la mayoría de la nación.

Kagamé acusará a la Iglesia, y más en derechura a sus obispos, de haber estado alineada con el poder. Y dice verdad. Lo estuvo. Excesivamente. De modo muy particular durante el mandato de Habyarimana, que es, precisamente, la etapa que mejor pudo conocer Kagamé.

Pero, ¿se podía adoptar otra postura? La razón estaba de parte de la mayoría hutu, so pena de arruinar desde su misma base el sistema democrático que la población había elegido. La Iglesia se identificaba con las legítimas aspiraciones del pueblo. La denuncia de Kagamé sobre este particular es injusta. Infundada.

No lo es, por el contrario, cuando acusa a la Iglesia de haber cerrado los ojos y callado su voz ante los abusos del poder de Kigali. La gobernación del presidente-militar Juvenal Habyarimana fue adquiriendo con el paso del tiempo caracteres de franca dictadura. Impuso el partido único, el Movimiento revolucionario nacional para el desarrollo. Decidido a poner orden en el país, sus modos de actuación, por mor de eficacia, recordaban en demasía la disciplina de los cuarteles. Contrariando sus promesas de promoción de la igualdad de oportunidades para todos, se entregó a las gentes y a los intereses de su propio clan y colmó de prebendas y favores a los de su pueblo y su región. Las proclamadas intenciones de acelerar el desarrollo de la nación con la participación de la mayoría cedieron a la tentación de la corrupción en todos los escalones del Estado.

La Iglesia, mientras tanto, callaba. Su silencio era, paradójicamente, clamoroso. ¡Chirriaba tanto silencio! Hacía daño a los oídos. Hacía daño hasta en los oídos... de Roma. En esta crónica ruandesa hay un hecho muy significativo. El papa Juan Pablo II se aprestaba para visitar el país por septiembre de 1990. La secretaría de Estado había impuesto una condición sine qua non para que se realizase el viaje papal: que el arzobispo de Kigali, monseñor Nsengiyumva, dimitiera de su puesto político en el Consejo Supremo del partido único.

La amistad del arzobispo con Juvenal era estrecha. Eran oriundos del mismo pueblo y pertenecían al mismo clan. El presidente lo había conquistado con sus numerosos beneficios y regalos; el arzobispo se los correspondía con sus consejos y con la fidelidad de un silencio que renunciaba al necesario profetismo. No todos los obispos de la Conferencia Episcopal estaban de acuerdo con este comportamiento acrítico y versallesco de monseñor Nsengiyumva en relación con el dictador Habyarimana. Pocos, excepción hecha del obispo de Kabgayi, y ya a muy última hora, osaban censurárselo. Roma, sí. La dictadura de Juvenal era clamorosa y preocupaba al Vaticano; que enviaba insistentes requerimientos al arzobispo de Kigali conminándolo a dejar su cargo dentro de la dictadura. El arzobispo, que no sabía hablar cuando la situación del país se lo exigía, tampoco sabía oír; y hacía oídos de mercader a los cada vez más perentorios avisos de Roma. Eran auténticos ultimátums. Hasta que, por fin, el Vaticano amenazó con suspender el viaje. La víspera, justo la víspera de la llegada de Juan Pablo II a Ruanda, el arzobispo dimitió de los cargos políticos que ostentaba. Roma había ganado, pero hacía ya tiempo que Kagamé y los grupos extremistas tutsis tenían a monseñor Nsengiyumva en la relación de nombres de sus listas negras. Moriría asesinado a manos de los tutsis. Serían asesinados con él, y en la misma encerrona, otros dos obispos. Porque para los autores de las listas negras no se trataba de castigar con la muerte sólo al arzobispo de Kigali sino a toda la jerarquía y a una buena parte de la Iglesia. Se le acusaba de haber abierto los ojos al pueblo hutu con sus prédicas y catequesis sobre la democracia.

La confección de listas negras estaba a la orden del día. Entre los tutsis, como queda dicho. Entre los extremistas hutus, como es obligado decir. En ellas figuraban los nombres de los que había que eliminar sin piedad alguna. En las listas de los tutsis había prohombres de la política y la flor y nata de los intelectuales hutus que se habían formado en las instituciones educativas de la Iglesia. En las listas de los hutus

estaban los nombres de cuantos resultaban sospechosos de hacer el trabajo sucio de quintacolumnistas, de estar infiltrados entre el pueblo y en los sectores tutsis de la población para coger por la espalda a los soldados hutus cuando éstos tuvieran que enfrentarse a los hombres del coronel Kagamé que se iban a lanzar desde Uganda para liberar el país.

Se estaba jugando con fuego. Con sangre. Con la vida de cientos y de miles de personas. Mucho dependería de quién asestara los primeros golpes. Mucho más de quién contase con mejores soldados y mayor disciplina en la tropa. En Europa suele reducirse la confrontación bélica a sólo los meses de abril, mayo, junio y julio de 1994. En Ruanda, no. En Ruanda se recuerda la guerra del 90 al 94. Es más exacto este punto de vista.

Todo ese tiempo estuvo marcado por una serie de conatos de invadir el país desde Uganda con las formaciones militares tutsis. Pudieron ser conjurados por las Fuerzas Armadas Ruandesas, las del Gobierno de Kigali, porque los soldados franceses —y los belgas— acudieron a la desesperada en ayuda del presidente Juvenal Habyarimana. Hasta dos millones de ruandeses tuvieron que desplazarse de sus tierras y casas para buscar asentamiento provisional en otras provincias del país. Por su parte, muchos tutsis tuvieron que abandonar el norte de Ruanda, las tierras fronterizas con Uganda, por el temor de convertirse en «escudos humanos» de los milicianos hutus, de verse cogidos entre dos fuegos, o de ser víctimas civiles de la guerra.

Encontraron refugio en lo que tenían más a mano y donde sabían que iban a ser bienvenidos. Entre los *banyamulengue* del Kivu. Los jóvenes se alistaron en la tropa de Laurent Désiré Kabila. El grupo de los tutsis zaireños se incrementó con estas sucesivas oleadas de tutsis ruandeses. Saltaron, por eso, las cifras de la ONU. Ya no serían doscientos mil. Pasarían de trescientos mil, como ya se ha recordado.

Así estaban las cosas. Así las pasiones. Aquéllas, en una clara situación de guerra civil, intermitente, por cuatro largos años. Éstas, desatadas, rabiosas, vengativas, con las listas negras a punto. Los misioneros, en sus catequesis, hablaban, aunque muy de vez en cuando, de perdón y de reconciliación. Hablaban sin mayor convencimiento. Temían inmiscuirse en aquel avispero, no fuese a ser que con ello empeorase aún más la situación. Sus comunidades estaban conformadas por tutsis y por hutus; y parecía que permanecían en paz y en armonía... Una paz inestable, una armonía tensa. Sin embargo se mantenía la comunión, la concordia entre unos y otros. Pero, ¿de qué se estaban nutriendo los corazones, las cabezas, las pasiones?

Llama la atención que los hermanos maristas de la comunidad de Bugobe advirtieran desde su observatorio del campo de Nyamirangwe que el mantenimiento de una cordial armonía exterior podía verse lastrada, consciente o inconscientemente, por los sentimientos tumultuosos que anidaban en los corazones. Con ocasión de la asamblea de todos los maristas ruandeses, hutus y tutsis, en Kenia, los hermanos se habían admirado del espíritu de unión y de fraternidad que se respiraba entre ellos. Habían dado gracias a Dios por el don de la unidad. Habían mirado a su alrededor y habían constatado con tristeza que no ocurría lo mismo en algunas otras congregaciones. Se habían escandalizado justamente de que hubiera sacerdotes tutsis que confeccionaban listas negras con nombres de sacerdotes hutus, compañeros de seminario y de ministerio. Y que esto sucediera en 1996. No en los años precedentes, sobre los que no emitían ningún juicio, sencillamente porque ni Servando ni Miguel Ángel estaban todavía en el Zaire, en los Grandes Lagos. Su escándalo se refería a la actualidad del 96, la que tenían ante sus ojos y al alcance de su reflexión inmediata.

Nada de esto ocurriría, gracias a Dios, entre los hermanos maristas tutsis y hutus. En la asamblea de Kenya se habían hecho patentes —eso sí— algunas «tensiones» entre unos y otros, lo que era más que natural dada la tragedia que se estaba viviendo en el interior de Ruanda y entre los refugiados. Miguel Ángel, sin embargo, que da cuenta de las «tensiones», se apresura a añadir que eran «casi imperceptibles». Servando, por su parte, más que de «tensiones», prefiere hablar de «visiones de la realidad profundamente distintas», de análisis contradictorios de lo que está sucediendo, aunque sin llegar a romper la comunión fraterna. De todos modos, tanto en los escritos de Miguel Ángel como en los de Servando, se observa el propósito de no insistir demasiado en el tema. Tienen miedo a remover las aguas. El mismo temor que, antes que ellos dos, habían sentido muchos de los misioneros extranjeros en Ruanda. Habían optado por no abordar de frente el problema en sus comunidades eclesiales. Temían complicarlo más. La paz exterior, la armonía en el trato de todos los días, era un valor a preservar.

Así pensaron. No todos, claro está. Tanto antes de la independencia como después de alcanzada, hubo misioneros extranjeros que pusieron en juego sus vidas. La pequeña historia de la Iglesia en Ruanda recuerda que, en el año 1937, fueron expulsados tres misioneros Padres Blancos por haber denunciado en sus homilías los abusos de autoridades tutsis concretas. Diez años más tarde, en 1947, otros tres misioneros de ese mismo Instituto tuvieron que sufrir el exilio por la misma causa. Hacia octubre de 1955 y en la cuaresma de 1956 se produjeron fuertes encontronazos entre algunos misioneros y alcaldes tutsis que explotaban a campesinos hutus, así como entre los misioneros y las autoridades belgas. En el año 1958, el obispo Perraudin escribió su famosa carta *Urukundo imbere ya boyse*, «Lo primero de todo es el amor». Denunciaba en ella la intranquilidad que se respiraba por todas partes entre tutsis y hutus, prólogo, ay, de las terribles matanzas que ocurrirían en noviembre del año siguiente...

Alcanzada la independencia, algunos misioneros tuvieron que salir en defensa de los tutsis, ahora víctimas de los hutus que querían vengarse de la marginación y de los abusos padecidos durante el dominio de la minoría tutsi. Durante la presidencia de Kayibanda, el nuevo gobierno y los misioneros actuaron con gran inteligencia, sobre todo en los primeros tiempos. Los misioneros tenían fácil acceso al presidente. Pudieron salvar la vida de muchos tutsis. «Es curioso —llegó a decir en cierta ocasión— que la Iglesia se pone siempre de parte del más débil.»

Pero estas intervenciones no fueron, por desgracia, la tónica general. El silencio, calificado de «prudente», sí.

Ahora, a partir de la tragedia del 94, la Iglesia de Ruanda confiesa su *mea culpa*. Está revisando ese silencio, ya no «prudente» sino responsable. Comienza a confesar que se había equivocado de estrategia pastoral. Aunque esto es muy difícil de averiguar.

El hecho es que el «aguante» reventó en violencia. Fue la guerra de todos contra todos, de todos los hutus contra todos los tutsis, de todos los tutsis contra todos los hutus. Cuando se dice «todos», se dice incluso los sacerdotes hutus y los sacerdotes tutsis. No es ninguna calumnia ni ninguna acusación sin fundamento decir que tanto sacerdotes hutus como algunos sacerdotes tutsis tomaron parte en la confección de las listas negras e, incluso, en el 94, en el genocidio. El propio Juan Pablo II ha pedido en más de una ocasión a los sacerdotes de Ruanda que se pongan en manos de los tribunales si se saben reos de delaciones y de asesinatos. Parece increíble que los servidores de la comunidad y ministros del Evangelio hayan manchado sus manos con sangre. Pero es cierto. No tiene justificación alguna. Sí una explicación: el ambiente de paroxismo que envenenaba a Ruanda, la excitación de las pasiones hasta un grado de demencia colectiva. Durante años y años, los hutus con sus razones, los tutsis con sus intereses —que para ellos eran más que razones— habían «aguantado»; bajo una capa exterior de armonía, les había estado royendo en su interior el odio racial; habían tirado de la cuerda del tejido social, antagónico, opuesto, enfrentado en la visión de los hechos y... la cuerda se rompió.

El pistoletazo de salida sonó —resonó— en toda Ruanda el día 6 de abril de 1994. El presidente del país, Juvenal Habyarimana, regresaba de una cumbre en Arusha, Tanzania. Viajaba en avión con su colega Cyprien Ntaryamira, presidente del vecino Burundi, hutus el uno y el otro. El aparato estaba a punto de aterrizar en la pista del aeropuerto de Kigali, a pocos kilómetros de la capital. De repente, una explosión atronó los cielos. Murió Juvenal. Murió Cyprien. Con estas muertes se abría la veda... a otras muchas más. Se habló de hasta un millón. Luego, más serenados los ánimos, de hasta ochocientos mil. Quizá sea más cercana a la verdad la cifra de quinientos mil.

Fue un asesinato premeditado, programado, proyectado. Todavía hoy no se sabe a ciencia cierta por quién y con qué propósito. Los acuerdos de Arusha no contentaban ni a los extremistas hutus ni a los extremistas tutsis. Para los primeros, las concesiones a los tutsis eran exageradas; para los segundos, insuficientes. El gobierno, de mayoría hutu, sentaría a la mesa de sus deliberaciones a dos ministros tutsis. En el ejército y en los cuadros de la oficialidad, se reservaría a los tutsis una cuota del veinte por ciento. Y algo muy parecido en cuanto a la Administración pública, a la universidad, a los cuadros de mando en la gobernación regional.

Del lanzamiento del misil que hizo explotar al avión en el aire se culpó, en primer lugar, a una dotación de soldados belgas que estaba en el aeropuerto. Alguien mató a continuación, en efecto, a uno de ellos. Al día siguiente, todos emprendieron el camino de regreso a Bruselas. Ahora, al cabo del tiempo, no parece que se pueda tener en consideración esta pista, aunque tampoco haya que descartarla del todo. Porque los muertos no hablan. El soldado muerto ha podido llevarse el secreto a la tumba. Otros, algo más tarde, cargaron la responsabilidad a los soldados franceses o a mercenarios de esa misma nacionalidad...

Para la mayoría del pueblo ruandés, el atentado fue obra de los extremistas tutsis. Contra el presidente Juvenal Habyarimana habían amontonado muchos cargos. Él era el responsable de los repetidos fracasos que habían humillado al Ejército Patriótico Ruandés en sus intentos de llevar sus armas victoriosas hasta Kigali desde el 1 de octubre del 90 hasta hoy. Él era igualmente quien había contenido hasta este momento la aplicación de los acuerdos de Arusha y, aunque se había prestado a participar en una nueva cumbre para su aplicación inmediata, ningún tutsi abrigaba la menor esperanza de que fuera a cumplir lo acordado. Los extremistas, menos que ningún otro. Pudieron ser éstos. Sabían, sin duda, lo que se estaba programando contra ellos y el precio que tendrían que pagar por el asesinato del presidente. Pero también sabían que, muerto el presidente, la invasión de Uganda sería más fácil.

¿Fueron, pues, los propios extremistas hutus? La pregunta no carece de sentido. Los extremistas hutus se estaban temiendo que Habyarimana cediera ante las presiones de los otros Estados vecinos, y que tanto ir y venir a Arusha iba a concluir por doblegar la voluntad del presidente. No estaban, además, nada satisfechos con su gobernación, dictatorial, corrupta, hecha de favoritismos a los de su clan, incapaz de promover el desarrollo de la nación. Había conseguido contener en los cuatro últimos años a los soldados del denominado Ejército Patriótico Ruandés; pero había faltado muy poco para que los invasores hubiesen derrotado a las Fuerzas Armadas Ruandesas que, sin el apoyo francés, habrían perdido la guerra. Definitivamente Juvenal no era el hombre que se necesitaba en este momento. ¿No era acaso cierto que se había resistido a meter en cintura a los tutsis quintacolumnistas que andaban tomando posiciones estratégicas para cuando llegara la hora?

Si ellos —los extremistas hutus— fueron los responsables del atentado contra el avión presidencial, justo será decir que les salió al revés. Sin el presidente en su puesto de mando, con varios ministros asesinados en el mismo accidente, con otros dados a la fuga y con los soldados en sus guarniciones, la invasión del Ejército Patriótico Ruandés, dirigido por el coronel Kagamé y preparada desde hacía tiempo, fue una marcha triunfal hasta Kigali. Triunfal y cruel. Triunfal y sanguinaria. Triunfal y genocida.

Sí. El genocidio ha sido atribuido en exclusiva a los extremistas hutus, a los tristemente famosos *interahamwes*. Es falso. Si genocidio es matar sistemáticamente por motivo de raza, hutus y tutsis porfiaron en ese 1994 por demostrar quiénes eran más violentos. En la retina de la opinión pública internacional han quedado las imágenes de las muertes perpetradas por los hutus. Las crónicas subsiguientes a aquellos dramáticos acontecimientos, en la mayoría de los casos, han cargado las tintas sobre la violencia hutu. Hasta hoy día, incluso.

Se olvida o se ignora que los tutsis en el exilio norteamericano, o inglés —el *Mwami* encontró refugio dorado en los Estados Unidos, muchos jóvenes tutsis en Oxford— se las ingeniaron para conseguir adeptos a su causa en las agencias informativas y en las cadenas de televisión. Hasta en el Vaticano. En los primeros días de la guerra del 94, los micrófonos de Radio Vaticano encomendaron sus servicios informativos a un sacerdote tutsi. Sus comunicaciones, partidistas y sesgadas, sólo fueron interrumpidas cuando, desde la propia Iglesia de Ruanda, se denunció tamaña parcialidad.

La Iglesia salió muy mal parada de este trance de armas, de esta guerra fratricida. El balance es aterrador: tres obispos asesinados, ciento tres sacerdotes muertos, cuarenta y siete hermanos laicales, sesenta y cinco misioneras y religiosas, treinta miembros de institutos seculares, una infinidad de catequistas y de líderes cristianos. En este luctuoso balance hay que incluir el asesinato de cinco hermanos maristas, cuatro hermanos tutsis, un hermano hutu, y la muerte del consejero general, el hermano Chris Mannion. Había viajado a Ruanda para esclarecer las muertes de estos sacerdotes. Encontró la suya. Ese mismo año la encontraría igualmente el hermano Henri Vergés. Sería en Argelia. Un día 8 de mayo. Con las muertes de Servando, Miguel Ángel, Fernando y Julio serán once las víctimas que la congregación de los hermanos maristas ha tenido que llorar sobre suelo africano en el breve tiempo de dos años. De un poco más. El hermano superior general, Benito Arbués, interrogado sobre estos lamentables sucesos, ha comentado: «Me siento orgulloso y admiro a hermanos que, como ellos, han sido capaces de quedarse en sus puestos por amor a Dios y por amor a un pueblo que sufre».

Y, ¡qué sufrimiento! Todo él, inmenso, se concentra en esa interrogante, apenas balbuceada entre los sollozos, del pobre hutu obligado a asesinar fríamente, con un machete, a dos niños tutsis que tenía acogidos en su casa, con su familia: «¿Me perdonará Dios? ¿Podré volver a ser hombre?».

Ruanda, toda Ruanda, se hace esta misma pregunta. ¡Tendría que hacérsela, al menos!

CAPÍTULO OCHO

—«TE dejo. Tenemos visita.»

—«¿Buena o... mala?»

—«Parece que mala.»

Fueron éstas las últimas palabras del hermano Servando en la última de sus comunicaciones telefónicas de ese 31 de octubre de 1996. Poco antes había hablado con sus superiores en Roma y con su madre, la señora Otilia, en Hornillos del Camino. Ahora se estaba comunicando a través del teléfono vía satélite con Ramón Rodríguez Mayor, su provincial y primo carnal. Servando llamaba a Sevilla, a «su» provincia marista, a la Bética que tanto, tanto amaba.

—«Parece que mala.»

Lo parecía. Lo era. Unos ochenta hombres armados, a las órdenes de un teniente, rodeaban la casa de la comunidad de Bugobe; las aulas del colegio Nuestra Señora de la Paz; los pabellones —hoy ya completamente vacíos— que habían servido para almacenar comida, ropa y material escolar con destino a los refugiados del campo de Nyamirangwe.

Vacíos, sí. Los hermanos no habían tenido otro remedio que acabar con todas las existencias. Hasta el último gramo. Una masa infinita, quizá de hasta más de cien mil personas, avanzaba en oleadas ininterrumpidas por la carretera, se agolpaba en las entradas de Nyamirangwe, pedía descorazonada, triste, con un hilo de voz, algo de comer. El macabro éxodo se venía prolongando desde hacía cinco, siete días. Procedía de Bukavu, de toda la región sur del Kivu, de los otros campos de refugiados de la zona. Los estaban clausurando. Con urgencia frenética. A empellones. Sin miramiento alguno ni para con las mujeres ni para con los niños. Y el cortejo, más fúnebre que vivo, avanzaba en dirección a Goma, al norte de la región de los Grandes Lagos, sin saber bien hacia dónde.

«Se nos está acabando el arroz. Esta gente se nos muere.» El hermano Julio había lanzado este apre-

miante SOS el día anterior. «Envíennos algo», había gritado en dirección a la comunidad marista de Nyangezi. Se lo pedía al hermano Arrondo, quien en tantas ocasiones los había sacado de apuros.

Pero esa vez no podría responder a la petición. Ni él ni ningún otro hermano. Nadie. Los treinta y cinco kilómetros que median entre Bukavu y Bugobe estaban imposibles. Aplastados bajo el dolor, la desesperación y el hambre de la larga marcha de refugiados.

Los guerrilleros *banyamulengue* habían desatado una primera gran ofensiva el 22 de septiembre. La habían mantenido el 23 y el 24. Habían atacado con armas pesadas la ciudad de Bukavu. Hubo víctimas entre el medio millón de habitantes de la ciudad: tres-

cientos mil originarios, doscientos mil desplazados y refugiados. Se produjeron muchas pérdidas.

Estaba claro que el objetivo de los tutsis zaireños era la ocupación de toda la provincia sur del Kivu, al igual que ya se estaban apoderando de la región norte donde se asentaban sus cuarteles generales. Se sabía que contaban con el apoyo de soldados ruandeses y se rumoreaba que también con los de Uganda. En esta región sur, con la ayuda de los tutsis de Burundi. Los soldados del Zaire trataban de plantarles cara. Los *interahamwes* habían corrido a fortalecer sus filas; pero pronto vieron que había poco que hacer. Los soldados zaireños luchaban sin convicción. Estaban desmoralizados y desorganizados.

Los *banyamulengue* comenzaron a atacar de nuevo a los campos de refugiados un mes después, en la segunda quincena de octubre. A los de Birava, a los de Uvira, a los de Mwenga, a los de Fizi, a los Walungu. Los habían bombardeado antes en diversas ocasiones. Ahora iban a entrar en la fase definitiva de vaciar todos los campos. Cayera quien cayera. Murieran quienes tuviesen que morir.

El arzobispo Christophe Munzihirwa multiplica por esas fechas sus comunicados y homilías. En una nota del 13 de octubre había escrito: «La amenaza de la guerra pende sobre nosotros. ¿Se sabe que, desde hace cuatro meses, se han concentrado unos siete mil hombres de guerra para destruir los campos de refugiados desde Uvira hasta Bukavu y Goma? Hay carros blindados concentrados en las explanadas de Ruzizi, delante del aeropuerto de Bujumbura. Esperan la orden de infiltrarse entre nosotros».

Tres días después, el día 16, Munzihirwa se preguntaba por las ambiciones expansionistas de Kigali y por los apoyos que éstas estaban recibiendo de otros países de la región y de determinadas potencias occidentales. «Es un hecho: las potencias que se consideran a sí mismas defensoras de la democracia tratan de aprovecharse de la posición geográfica de Ruanda y de la minoría que gobierna ese pequeño país para asegurarse el control del futuro político, económico, estratégico del gigante zaireño y, si es posible, de las otras naciones de los Grandes Lagos.» La gran ofensiva sobre Bukavu ya estaba fijada para el 21 de octubre.

El arzobispo Munzihirwa se estaba cavando la tumba. Los enfrentamientos étnicos en Ruanda y Burundi habían acabado con la vida de cuatro obispos. Él, el arzobispo de Bukavu, sería la quinta víctima. A manos, lógicamente, de los *banyamulengue*. Fue el 29 de octubre. El día anterior al desesperado SOS del hermano Julio. En la misma fecha en que Servando, ignorante aún de lo ocurrido en Bukavu, lanzaba el suyo a la atención del papa Juan Pablo II, a la del Alto Comisionado de las Naciones Unidas para los Refugiados, a las autoridades y a los gobiernos de las grandes potencias.

Decía bien Servando en su SOS angustiado: «los sobrevivientes de los refugiados ruandeses de la región del sur-Kivu». «Sobrevivientes» eran, en efecto, los que pasaban ante el campo de Nyamirangwe y solicitaban un poco de comida. «No tenemos comida, ni una sola aspirina», diría también el SOS. Y decía verdad. Los almacenes ya no guardaban ni un solo grano. Todo había sido distribuido. Entre los refugia-

dos de Nyamirangwe que se aprestaban para abandonar, una vez más, su campo y a «perecer sobre las carreteras y las colinas bajo una lluvia torrencial». Sí, eran meros «sobrevivientes». Porque ya habían muerto muchos miles de los campos de más al sur de la región. Porque huían para «sobrevivir», para intentar «sobrevivir». A la desesperada.

La orden había sido impuesta por los milicianos *interahamwes*. Ni ellos ni los soldados zaireños tenían nada que hacer frente al combinado ruandés burundés y hasta ugandés que se les enfrentaba con carros blindados. Su única salvación dependía de que, confundidos con los refugiados civiles, pudieran pasar al interior de su país para, ya dentro de la patria, iniciar una guerra por la liberación. Circulaban rumores de que por el puesto de Gisenyi estaban entrando en Ruanda a razón de doscientos refugiados por minuto y que las esperas para el ingreso se alargaban durante treinta kilómetros. Calculaban, por eso, que podrían introducirse inadvertidos. Algunos de sus compañeros habían huido hacia la selva impenetrable de Shabunda. Otros, hacia las laderas del volcán Nyiaragongo. Otros más hacia los bosques de Virunga.

Porque se rumoreaba también que, en la vecindad de Goma, muchos caían asesinados por los *banyamulengue*, que estaban interviniendo en la masacre los temidos guerrilleros mai-mai y que, para colmo de desdichas, militantes armados de una denominada Fuerza Aliada Democrática, adversa al régimen de Kampala, se habían hecho presentes en el escenario y estaban combatiendo en territorio zaireño contra tropas ugandesas que habían pasado la frontera.

De huir, había que huir a toda prisa. Pero había que conseguir que la gran masa de los refugiados permaneciera compacta, sin fugas descontroladas, sin escapadas furtivas. Cuanto más numerosos alcanzaran la frontera, mejor que mejor. No pocos, exhaustos, sin fuerzas, morirían en las orillas de los caminos; pero era inevitable. Había que empujar a todos los demás, sin posible misericordia. El enemigo les pisaba los talones. El campo de Uvira, en el que malvivían hasta ochenta mil refugiados, había caído ya en manos de los tutsis zaireños.

El campo de Nyamirangwe se despobló rápidamente. Los hermanos maristas se recogieron en su casa, a sólo tres kilómetros. Ya no les quedaba nada por distribuir. Ya no les quedaba nada que hacer. Esperarían. Siempre era posible que algunos refugiados —¿cientos?, ¿miles?— consiguieran romper el férreo cerco de los *interahamwes* y regresaran a Nyamirangwe. Esperarían.

Unos días antes, el hermano Julio había comentado: «Si no vienen pronto los *banyamulengue* estamos perdidos». Tal vez porque confiaba que para ellos cuatro representarían un mal menor. De los *interahamwes* no podían esperar nada bueno. El mero hecho de no sumarse a la gran marcha, de negarse a compartir la condición de «escudos humanos», a lo que se había reducido a los refugiados, el solo hecho de permanecer en sus puestos «por si volvían los suyos», los convertía en adversarios a los ojos de los milicianos hutus.

¿Y los *banyamulenge*? ¿Acaso los conocía Julio? ¿Conocía algo de su disposición de ánimo para con los misioneros? En Goma había sabido de su existencia, a buen seguro; pero no los había tratado personalmente. Supo, por ejemplo, que a unos treinta kilómetros del colegio marista había tenido lugar un enfrentamiento entre los *banyamulengue* y los soldados zaireños. Siete de éstos habían acabado muertos y sus compañeros habían montado en cólera. «Se desencadenó la furia de los militares», había dicho Julio. «Empezaron a incordiar a todo el que pasaba por las calles de Goma.» Era el 1 de junio.

Al día siguiente, esta furia de los soldados zaireños los salpicó con «un buen susto» a la hora de la siesta. El hermano José Luis había abandonado el colegio para comprar algunas pequeñas cosas que se necesitaban para la fiesta de fin de curso del día 3. Los soldados lo siguieron en el trayecto de vuelta a casa. José Luis saltó del coche y con las llaves de éste en la mano corrió a esconderse en el colegio, luego de haber cerrado la entrada del recinto. Los militares saltaron la tapia. Se acercaron al coche. No pudieron abrirlo. Forcejearon. En vano. Se decidieron entonces a saquear la casa de la comunidad. Se llevaron la tele, el vídeo, el generador de electricidad, dos bicis. Robaron en la habitación de un hermano. Cachearon a otros dos. Los amenazaron con las armas. «No dispararon», comenta. ¡Menos mal!

«Igual que a nosotros, han saqueado a muchísima gente. Nos lo cuentan los alumnos y alumnas que, en sus casas, por la noche, han vivido lo mismo que nosotros.» «Han continuado cinco días en este plan.»

Lo que no fue, por lo visto, mayor impedimento para que el colegio celebrara el día 3 la fiesta programada. Como si tal cosa. «A pesar de todo, ¡increíble!, los chicos y las chicas vinieron al colegio a la fiesta, aprovechando que por las mañanas se habían callado un poco las armas. Así que tuvimos la misa, el teatro, las danzas, las declamaciones con el fondo de los sonidos de los disparos en la calle. Por la tarde volvieron a sus casas tan contentos, aprovechando otro momento de calma.»

El hermano Julio se iba acostumbrando a vivir con la violencia por vecina. Ese «¡increíble!» que se le ha escapado en la carta ha sido para él, quizá sin advertirlo, toda una lección de vida. Era triste, sin duda, esta convivencia con el dolor y la furia; y más cuando Julio la veía cara a cara en el orfelinato de Goma adonde acudía todos los días para ayudar a las religiosas. Es triste; pero así se le iba templando el espíritu para afrontar las situaciones con las que se iba a topar.

Pero de los *banyamulengue* no tenía ninguna otra experiencia personal. Y, sin embargo, «si no vienen pronto los *banyamulenge* estamos perdidos». ¿Por qué esta confianza del hermano Julio en unos que le eran desconocidos?

De haberse quedado en Goma habría tenido ocasión de conocerlos muy de cerca. La ciudad cayó en sus manos a comienzos de noviembre tras unos breves combates con el ejército del Zaire. Habría tenido ocasión entonces de conocer al coronel Laurent Désiré Kabila, poderoso y fuerte a sus cincuenta y cinco años, y oírle proclamar el Nuevo gobierno de las zonas liberadas. Habría podido oír sus propósitos de conducir a sus tropas, victoriosas, hasta la mismísima ciudad de Kinshasa y entrar al frente de ellas —las

Fuerzas Democráticas para la Liberación del Congo-Zaire— en la capital del país. Y derrocar «al viejo leopardo», el mariscal Mobutu. Habría podido oírle decir que eso del «Zaire» era una salida de pata de banco y que el Congo, con la adjetivación de «democrático», volvería a llamarse Congo. Habría podido ver al coronel, presidente del Nuevo gobierno de las zonas liberadas, sentado en un delicado sillón, tapizado de seda, en el gran salón de la fastuosa y colosal residencia que Mobutu se había hecho construir cara al azul del lago Kivu; y le habría oído afirmar que el palacio sería transformado en sede de un futuro Museo de la Liberación, con puertas de marfil, tapices persas, ricos mármoles, arañas de refulgente cristal, espejos biselados y hasta ceniceros de oro. Todo quedaría ahí para deshonor del dictador que se permitía esos y otros muchos lujos mientras su pueblo se moría de hambre. ¿No era, pues, la suya, la de los *banyamulengue*, una guerra de liberación?

Nada de eso llegó a saber Julio porque todo ello ocurriría más adelante. Por el momento, y después del «buen susto» y de haber adelantado unos días los exámenes de sus alumnos en el colegio de Goma, terminaba de llenar sus maletas. Por el peso de éstas, según le escribe al hermano Adolfo, su provincial en Madrid, se había decidido a trasladarse a la misión de Bugobe y al campo de Nyamirangwe por vía fluvial o marítima, ¡qué más daba!, por el lago Kivu. Tenía que recorrerlo de norte a sur. Siete horas de navegación, si todo discurría como Dios mandaba.

No fue así y Julio podía habérselo temido. Se rompió la correa del motor de la embarcación y estuvieron detenidos en la mitad del lago unos tres cuartos de hora. Llegó a la misión el 12 de junio.

«Me siento privilegiado por Dios y por Benito por haber pensado en mí para ir allí.» Se lo decía a Adolfo, su provincial, con el pie ya en el estribo, todavía en Goma. Y también: «Voy con mucha ilusión y gusto a ayudar a esos que son aún más miserables que éstos de Goma».

También le dijo en su primera carta desde Bugobe que ya estaba trabajando «con esta gente que lleva ya dos años aquí y sin esperanza de poder volver, porque los tutsis los esperan para matarlos de una forma u otra».

Aterrizó de lleno, en el nudo de la tragedia. Los refugiados eran un pueblo sin futuro. Que ni siquiera tenían un presente, a decir verdad. Julio da cuenta de las imágenes que hieren sus pupilas: «Aquí están, malviviendo. Lo han perdido todo, en especial algún miembro de la familia. Comen lo poco y de mala calidad que les dan las Naciones Unidas. Para completar sus necesidades trabajan en los campos de los zaireños, que no les pagan casi nada». Pero, por otra parte, se siente feliz porque puede hacer, junto con los otros tres hermanos españoles, algo de bien a toda esta gente. Bien material y bien espiritual. Es muy fácil que le viniera al pensamiento aquello, tan hermoso, que acostumbraba repetir el fundador, Champagnat: «Cuando veo a un niño siento ansias enormes de enseñarle el catecismo y decirle cuánto le ama Jesucristo».

No podía decírselo con palabras. Los niños sólo entendían y hablaban el kinyaruanda, que él desconocía. Hablaría con su presencia, con su «estar» acogedor. Con su «ternura». «Para mí es una gran alegría el poder estar con esta gente, los más pobres del planeta, y poder hacer algo para ayudarlos. ¡Hay que ver cosas muy duras a veces! Sobre todo la cantidad de niños que mueren por cosas tan fundamentales como una buena alimentación.» Le duele ver a médicos que «echan del hospital» a algunos niños enfermos «porque su caso no es demasiado grave», cuando en realidad —comenta— las expulsiones se deben a que hay «demasiados enfermos y poco sitio, y pocas medicinas en el hospital».

Hacía lo que podía. Desde el primer día de su estancia en Bugobe se puso manos a la obra. El curso escolar no había concluido aún —en junio— porque había comenzado con retraso debido a la prohibición del Gobierno del Zaire de impartir enseñanza en el campo... «Lo hacemos a escondidas entre las 'casas' del campo, porque los militares siempre están ahí, frente a las escuelas que hemos construido.»

Desde finales de julio y durante todo —casi todo— el mes de agosto, Julio estuvo solo con el hermano Fernando. Miguel y Servando se habían trasladado a España para unas cortas y bien ganadas vacaciones. Para desintoxicarse un poco de tanto drama y volver con fuerzas renovadas. Fernando y Julio, mientras tanto, siguieron «haciendo algo para ayudar» a los refugiados. Los ayudamos, dice, «en lo que podemos, sobre todo organizando la enseñanza para los niños. También repartimos todo lo que nos mandan nuestros hermanos y amigos de todo el mundo. Los últimos quince mil dólares nos han venido de

Suiza como respuesta a un artículo que mandamos a una revista. Tratamos de repartirlo entre los más necesitados: niños que no tienen padres, gente más necesitada, enfermos y, sobre todo, en las escuelas. También repartimos ropa de todo tipo y comida a niños que están más débiles. Y dinero y consejo a los responsables de la Comunidad Cristiana y de los movimientos de espiritualidad para que la pastoral funcione en todos los barrios. Es un aspecto fundamental para nosotros contar siempre con ellos para hacer todo.»

Con ellos y... con el Instituto marista. Sobre el particular, los cuatro hermanos tienen una conciencia muy clara. «Nosotros, cuatro maristas españoles, estamos con los refugiados en nombre de nuestra congregación, en nombre vuestro.» Firmaba: «Vuestro hermano, trabajando en vuestro nombre con los refugiados ruandeses del campo de Nyamirangwe, Julio Rodríguez».

Llega con éstas el mes de octubre. Hace ya varias semanas que Servando y Miguel Ángel han regresado de España. Han empezado el nuevo curso. Los cuatro hermanos se entregan al trabajo como si nada ocurriera a su alrededor. La procesión va por dentro, sin duda; pero más que en ellos cuatro, piensan en los refugiados. «¡Qué pobre gente, cómo sufre!», escribe Julio. Novato aún, como quien dice, en el campo, todavía no acaba de encajar bien la extrema pobreza de los refugiados. «Me impresiona mucho ver a chicos y chicas de quince a veinte años con ropa y calzado, especialmente chancletas, remendados por varios sitios. Viendo a una chica de veinte años en mi clase con estos remiendos, sentía vergüenza y hasta culpabilidad.» Le ocurre lo mismo que a Servando. No puede dejar de comparar su situación con la tristísima de «los suyos». Se le escapa el pensamiento a España y ve a chicos y chicas de los colegios, de su misma familia, con «botas de doce mil pesetas».

Hay un momento en que la carta de Julio —muy probablemente la última que escribió— es un gemido que le parte el alma. ¡Jamás en todas las comunicaciones de los hermanos se había utilizado una expresión tan fuerte para describir la miseria de los refugiados! «A gente así —dice—, como a perro sarnoso, se les acercan cantidad de parásitos irracionales y racionales. Los peores son los racionales.» Le duele, y por eso habla como habla, que a esta pobre gente se les haga pagar unas exacciones por demás injustas. «Nuestros profesores, por ejemplo, si quieren dar clase, tienen que dar cada uno al representante de las autoridades zaireñas dos dólares, de los cincuenta, cuarenta o treinta y cinco que nosotros les pagamos por mes.»

—«Si no vienen pronto los *banyamulenge* estamos perdidos.»

¿Qué podía esperar de los *banyamulengue*? ¿Por qué reponía en ellos su última confianza? Durante las noches del 22 y 23 de septiembre, los hermanos —y los refugiados, sobre todo— habían recibido un buen «susto». También en la noche del 24. No había sido más que un primer ensayo de la operación definitiva que los *banyamulengue* desencadenarían sobre Bukavu y toda la región sur del Kivu un mes después. Habían bombardeado la ciudad. Ya está contado.

Como contada está la firme denuncia del arzobispo Christophe Munzihirwa por la que tendría que pagar con su vida algo más adelante a manos, precisamente, de estos tutsis zaireños.

Y, ¿entonces? Los bombardeos que les habían procurado unas noches de nervios eran obra de los *banyamulengue*, precisamente. La tensión que se respiraba por aquellos días y los movimientos de militares que se apreciaban en la frontera con Burundi eran debidos a la presión guerrillera de los *banyamulengue* y al paso de soldados burundeses que iban en su apoyo. Los soldados zaireños que custodiaban —y controlaban— la casa de los hermanos, «estaban más tensos que nosotros», y esto como consecuencia de los avances que los *banyamulengue* estaban consiguiendo en el sur de Kivu. Y a los *banyamulengue* se iba a deber, al menos en muy buena parte, que los refugiados no pudiesen regresar a su país «en dignidad», como escribía Julio.

«Retorno en dignidad», decía; y pedía oraciones «por esta causa». «¡Que vuelva la paz y la justicia para esta gente que tanto sufre!» Pero, ¿no caía en la cuenta de que los *banyamulengue* eran una sola cosa con el gobierno tutsi de Kigali, que no quería el retorno «en dignidad» sino como mucho —y ya era decir— el retorno sin condiciones y sin garantía alguna?

Él no había llegado todavía a Bugobe —claro está— y tal vez por eso desconocía lo que el arzobispo de Bukavu había escrito el 15 de mayo de 1995. Había transcurrido ya año y medio desde que monseñor Munzihirwa, en carta dirigida al secretario general de las Naciones Unidas, Boutros Boutros-Ghali, había llamado la atención de todo el mundo sobre «los vínculos que unen ahora a los poderes políticos instalados en Ruanda, en Burundi y en Uganda» y sobre «la colaboración real entre los ejércitos de estos tres países en los males que se están infligiendo a los refugiados». No mencionaba expresamente a los *banyamulengue*, probablemente porque consideraba a las que se llamarán luego Fuerzas Democráticas para la Liberación del Congo-Zaire, del coronel Laurent Désiré Kabila, mero pretexto para la intervención bélica de los ejércitos de Ruanda, Burundi y Uganda. De hecho, dice, «Se sabe que un número de agentes de información del Frente Patriótico Ruandés está actuando en Bukavu y en Goma».

No consta que el hermano Julio llegara a conocer este documento del arzobispo. Tal vez por eso siguiera confiando en los *banyamulengue*. No había, sin embargo, demasiada razón para reponer en ellos un mínimo de esperanza. Cuando llegue la noticia del asesinato de los cuatro hermanos maristas, las primeras informaciones, aunque rodeadas de muchas reservas, se lo atribuyen a los *banyamulengue*. ¿A quién podía caberle en la cabeza que los milicianos hutus se ensañaran con unos misioneros que se habían desvivido por ayudar a los refugiados hutus? Y, sin embargo...

—«Te dejo. Tenemos visita.»

—«¿Buena o... mala?»

—«Parece que mala.»

A la puerta de la comunidad de Bugobe no estaban los *banyamulengue* sino los *interahamwes*. Unos ochenta hombres, a las órdenes de un teniente, rodeaban las instalaciones de la misión. Era natural que robaran a continuación todo lo que encontraron. ¡En qué guerra no se ha calmado la ambición —y el hambre— de los soldados con la licencia de procurarse un botín! En este caso, resultaba «normal» que los soldados se apropiaran de la radio, del teléfono vía satélite y de las pertenencias personales de los misioneros. Todo ello podría servirles; pero, aunque no le encontrasen utilidad, la locura del botín hace que se arrample con todo lo que uno encuentra a su paso. Robaron, sí; pero el robo no fue el móvil del crimen.

Robaron. Hasta no dejar ni un clavo. Cuando al cabo de unos días —una semana, más o menos— los hermanos de la comunidad vecina de Nyangezi pudieron, por fin, acercarse a la misión de Bugobe o cuando las religiosas de la congregación del Divino Maestro «peregrinaron» al lugar del martirio —«Son auténticos santos... en el corazón de mucha gente»—, se encontraron con la casa de los misioneros totalmente despojada. Testigos de los alrededores comentarán que los *interahamwes* habían sido vistos con las ropas —una bufanda, un anorak— de los hermanos. Se habían llevado incluso los libros. Sólo se encontró por ahí tirado el diario de Miguel Ángel. Las religiosas, al tratar de poner un poco de orden en todo aquel desastre para limpiar los charcos de sangre, dieron con un crucifijo con los brazos y piernas mutilados; con una estatuilla de la Virgen, tosca y primitiva, creación de algún artista local mejor intencionado que inspirado; y con unos copones de rafia trenzada.

Tres de estos copones lucían un rótulo escrito —¡ay, qué premonición!— con tinta roja: *Urukundo*,

Nubutabeka, *Iteka*. *Urukundo*, que significa «amor». *Nubutabeka*, que puede traducirse por «la ley es el amor». *Iteka*, «deber».

Aquí ya no entraban las premoniciones. Estos tres rótulos eran un acta notarial. Daban fe de los tres goznes sobre los que había girado la pasión de los hermanos Servando, Miguel Ángel, Fernando y Julio. Habían amado. Habían hecho del servicio a los refugiados su responsabilidad extrema y su deber de cada día. Hasta el último minuto habían inspirado su postura en la única ley de la caridad; ésa que Jesús de Nazaret había propuesto a sus discípulos: «No hay mayor prueba de amor que la de dar la vida por los que se ama».

Amar, sí, habían amado en lucha a brazo partido contra todo y contra todos, con tal de defender y de ayudar a los refugiados. Contra la falta de futuro, sobre todo. Es impresionante verlos organizar el curso escolar bajo los bombardeos; ocultarse entre las tiendas de campaña para dar la lección clandestinamente pese a las órdenes del Gobierno zaireño que lo había prohibido; «comprar» bajo mano al administrador del campo de Nyamirangwe para que hiciera la vista gorda y permitiera a los maestros cumplir con su misión; arreglárselas para montar tres tiendas de campaña para cuarenta huérfanos sin nada, absolutamente nada, entre el cielo y la tierra; ir y venir de Bugobe a Bukavu y de Bukavu a Bugobe, una y otra vez, para conseguir que todos los chavales tuvieran sus papeles en regla, sin los cuales seguirían sin recibir la pobre pitanza de cada jornada; llorar de rabia y protestar porque la dirección del hospital del campo arrojaba a los niños enfermos a la calle, pretextando falta de sitio o carencia de medicamentos; interesarse por las abuelas y los abuelos que estaban perdiendo la cabeza, víctimas de la depresión; hacerse mendigos para vestir a los desnudos y dar de comer —algo más— a los hambrientos...

Amar a puños cerrados era ese atormentado escrúpulo de considerarse unos «privilegiados» entre los refugiados, porque su casa les parecía un «palacio» en comparación con las chozas de los lugareños y con las tiendas de plástico de los acogidos en Nyamirangwe. Amar era su obsesivo pensamiento de que la «presencia» de los hermanos dejaba traslucir otra Presencia mayor, la del amor de Dios; y que para muchos refugiados sólo estar presentes entre ellos era un hilo de esperanza.

El suyo era un amor que se mantuvo fiel a pesar de tantos pesares.

Cumplieron con lo que consideraban su deber. Por su condición de maristas se entregaron a la educación de cinco mil, seis mil, siete mil niños. En condiciones imposibles, casi siempre; con la atención de levantar para los mayores unas aulas dignas.

Cumplieron con su deber de testigos del Evangelio: las catequesis, las clases de religión, la animación de los movimientos apostólicos, la revisión de vida en las Comunidades Eclesiales de Base, la construcción de una «catedral» —así la llamaban— a la manera de una carpa de circo para las eucaristías dominicales.

«Ahora tengo más trabajo que el que quiero y puedo», escribirá Miguel Ángel. Y al estampar estas líneas se acordaría de otras que él mismo había escrito un 3 de marzo de 1995 cuando le manifestaba al superior general, Benito Arbués, su disponibilidad para dejar Costa de Marfil y pasar al Zaire entre los refugiados: «Tengo que decirle sinceramente que yo sigo tocado por su llamada y que cada vez se hace más frecuente y más insistente en mi espíritu el deseo y la voluntad de integrarme en el trabajo de nuestros hermanos ruandeses como signo concreto de solidaridad, audacia, esperanza, paz, alegría y perdón». Y añadía poco después: «Es éste un ofrecimiento tranquilo, sereno, fruto de una reflexión y oración, como una llamada a un despojo para centrarme en el consejo de Pablo a los gálatas: 'Arrimad todos el hombro a las cargas de los otros, que con eso cumpliréis la ley de Cristo'».

Esta ley los iba a conducir hasta las últimas exigencias. Hasta la entrega de la vida.

Nubutabeka, «nuestra ley es el amor». Eran muy conscientes de lo que podía ocurrirles en cualquier momento. Podían equivocarse en si el mayor riesgo les vendría de los *interahamwes* o de los *banyamulengue*. ¡Poco importaba! De los milicianos hutus, porque no compartían —no podían— sus puntos de vista de llevar la guerra al interior de Ruanda y de servirse para este objetivo de los refugiados como de «escudos humanos». Al resistirse a entrar en este criminal juego estaban firmando su sentencia de muerte. Lo sabían. Podían, por lo menos, intuirlo.

Se la jugaban, igualmente, con los *banyamulengue*. También con ellos estarían «perdidos», no obstante el sentimiento contrario de Julio. Los hermanos habían ayudado y habían servido a sus enemigos.

Habían sostenido las fuerzas de muchos hutus —hambrientos, desnudos, enfermos, desesperados— cuando «la eliminación al máximo de la población hutu» entraba como programa de acción en las miras de los tutsis; según había denunciado el arzobispo Christophe, «en la previsión de una futura confrontación electoral», algún día, en Ruanda. En sus conversaciones con los refugiados, habían patrocinado que la solución del problema tenía que recorrer el camino del diálogo entre las autoridades de Kigali y los representantes de los campos; y que el regreso a la patria tenía que realizarse «en dignidad», «en paz», «en justicia», para lo que eran necesarias, previamente, algunas garantías por parte de la comunidad internacional. Habían denunciado ante la opinión pública internacional —ahí el SOS de Servando— que «alguien» pretendía eliminar masivamente a los refugiados... Ya habían matado al arzobispo. No lo habían hecho con ningún misionero. Pero, si se habían atrevido a asesinar al pastor, ¿por qué no iban a atreverse con los maristas?

¿Qué podían esperar de los *banyamulengue*?

—«Te dejo. Tenemos visita.»

—«¿Buena o... mala?»

—«Parece que mala.»

Las verdaderas intenciones de los *banyamulengue* —correas de transmisión de las autoridades de Kigali o, al menos, de su ala más extremista— quedarán a la luz del día al mes o mes y medio del asesinato de los cuatro hermanos. El coronel Kagamé, vicepresidente del Gobierno y ministro de Defensa de Ruanda, se permitirá solicitar la convocatoria de una cumbre

internacional al objeto de revisar las fronteras fijadas por la histórica, lejana y brutal conferencia de Berlín, la de los años 1885 y 1886. La cumbre revisionista debería decidir la anexión de toda la región del Kivu, del norte al sur, a Ruanda. El país se les había quedado pequeño a los ruandeses y precisaban de toda esa región como de su propio espacio vital.

Aquí, en estos propósitos expansionistas —que en su día había denunciado el arzobispo de Bukavu— se encuentra una de las claves del problema; la primera, a simple vista. La primera; no la única ni la más importante.

Para su actuación, sin embargo, era imprescindible exterminar, fuera o dentro de Ruanda, al mayor número posible de hutus; lo que comportaba la desaparición, por las buenas o por las malas, de todos los campos de refugiados o la evacuación de éstos —proyecto harto difícil— hacia las tierras interiores del Zaire. Monseñor Munzihirwa había considerado esta última opción y había dicho que entrañaría muchos más problemas que verdaderas soluciones. En este mismo sentido, la propuesta hecha en alguna ocasión por el propio Mobutu no tenía otro objetivo que el de arrancar millones de dólares a la comunidad internacional.

Detrás del expansionismo de Kigali, y apoyándolo, los intereses de los Estados Unidos y de su aliada al respecto, Gran Bretaña. Frente a éstos, Francia y Bélgica. Los refugiados, reducidos a «moneda de cambio», como se lamentaba el hermano Servando. En juego, se dice, potenciales riquezas del subsuelo del Kivu. En juego, disponer de una plataforma en el corazón del continente africano para decidir, llegado el caso, la vida de los africanos. De su economía, de su política, de su desarrollo, de sus alianzas y... hasta de sus guerras. Salvaje, sin duda; pero real.

Sólo así se explica la «vergüenza» —el término fue empleado por Emma Bonino, comisaria europea de Ayuda Humanitaria— del comportamiento de toda la comunidad internacional ante la tragedia de los Grandes Lagos. Reuniones del Consejo de Seguridad de la ONU; aprobación del envío de una fuerza multinacional a la zona; análisis en la ciudad alemana de Stuttgart de las estrategias por parte de los expertos militares de treinta y cinco países, entre ellos España; luz verde de la Unidad Europea para asignar a las fuerzas de intervención fondos detraídos de la Ayuda Humanitaria; cálculos sobre los costos por soldado que, de diez mil en un principio, quedaron rebajados a mil o dos mil; estudio de la creación de «pasillos humanitarios»; previsiones de envío de un millón de toneladas de comida por día; designación del aeropuerto de Entebbe como sede del cuartel general de toda la operación... La citada Emma Bonino tuvo que alzar su voz para denunciar «el juego de ajedrez de los diplomáticos y sus cálculos políticos» que estaban representando «una pérdida masiva de vidas humanas». ¡Un mes, todo un mes, de discusiones y deliberaciones! ¡Y para nada!

Ni Servando, ni Miguel Ángel, ni Fernando, ni Julio supieron, aquí en la Tierra, de esta colosal «vergüenza». Hacía ya nueve días que sus cuerpos habían sido arrojados a un pozo negro, junto a su casa. Las denuncias de la comisaria llevan fecha del 9 de noviembre. La del asesinato de los hermanos del 31 de octubre.

Algunos *interahamwes* penetraron en la vivienda de la comunidad. Dispararon a los misioneros en el estómago o en el pecho. A continuación los remataron asestándoles con un puñal una herida en la espalda. O al revés: primero en la espalda, luego en el estómago. El suelo y los plásticos, que hacían de paredes, quedaron manchados, salpicados de sangre en tres de

las habitaciones. También había manchas de sangre en la capilla. Uno de los hermanos se había acogido a ella para una última plegaria. Tal vez la que oyó el campesino: «Dios mío, Dios mío. Vamos a morir. Ten misericordia de nosotros».

«Consummatum est.» «Todo se ha acabado.»

Jesús de Nazaret culminó su martirio en la cruz con este adiós definitivo. Con este adiós, rotundo y sobrecogedor, ponía fin a una vida hecha de fidelidad en el servicio a los hombres. Dios, su Padre, le había confiado una misión de solidaridad para con este mundo y Él, Jesús, la aceptó sin quiebra, sin fallo, sin desmayo. Extremó su fidelidad hasta jugarse la vida. Por su fidelidad en el amor, Dios lo resucitó y lo liberó para la Vida sin fin.

Los cuatro hermanos de Bugobe podían haber hecho suyo este adiós. Como Jesús, en el que trataron de inspirar su existencia, también ellos se habían mantenido fieles en el amor a «los más pobres de entre los más pobres». A pesar de todos los pesares. Mejor: porque los pesares eran muchos, terribles, dramáticos para «los suyos», para los de «su nueva familia». Y ahí, en esa situación sin presente y sin futuro, de despojamiento y soledad, resultaba más urgente que en parte alguna una «presencia de amor» capaz de alumbrar una tímida esperanza y, con ella, un aliento renovado de vida.

«*Consummatum est.*» «Todo se ha acabado.»

Los hermanos Pedro Arrondo y José Martín Descarga, de la comunidad de Nyangezi, pudieron llegarse hasta la misión de Bugobe al término de una semana llena de los peores presagios. Se oía decir que dos de los hermanos habían sido asesinados. Luego, que tres. Que el cuarto había podido huir. Se barajaron los nombres de los unos y de los otros en una confusión atormentadora...

Un reguero de sangre había quedado en el suelo entre la vivienda de la comunidad y el pozo negro. Pedro lo siguió como quien recorre un via crucis. Se asomó. Entre las aguas negras podían verse tres cabezas. Sólo tres. Estaban irreconocibles. Cerca del pozo, tirado por el suelo, el pasaporte de Julio...

El pozo tenía doce metros de profundidad. El rescate de los cadáveres resultaba difícil y arriesgado. Se optó por perforar otro pozo a través del cual se pudiese llegar hasta los cuerpos de los hermanos. Uno. Dos. Tres. Y... cuatro. Unidos en el amor, lo estaban también en la muerte.

«*Consummatum est.*»

Muy al principio de su estancia en el campo de Nyamirangwe, Servando había escrito: «No es por mí por quien debéis preocuparos, sino por despertar el sentido de la solidaridad en un mundo que es sangrantemente desigual e insensible ante la miseria y el dolor de tantos millones de hombres.

Es imposible imaginarse el dolor y la tragedia que vive esta gente, desprovista de familia —es difícil encontrar una familia sin muertos de guerra—, de patria, de casa, de comida y, sobre todo, con muy poca esperanza en un futuro esperanzador.

¿Qué se puede hacer en una situación así?

Espero que un día el Señor me ayude a encontrar respuestas a tanto dolor».

El hermano Miguel Ángel, meses después de su llegada a Nyamirangwe, había encabezado una carta con la siguiente máxima: «Creer en la vida es comprometerse por un futuro más feliz».

Él, sí, se había comprometido sin reservas. Gustaba de leer a santa Teresa de Jesús y a san Juan de la Cruz. Estando todavía en Costa de Marfil, a punto de trasladarse al Zaire, había dejado constancia de sus sentimientos más íntimos y los había expresado con una sentencia de la santa. Él se la decía a sí mismo como revulsivo para acabar con sus posibles temores:

TOYOT

«Somos tan caros y tan tardíos para darnos del todo a Dios». A renglón seguido se había aplicado a su espíritu «con toda simplicidad y consciente de mis límites» un texto de la misma Teresa de Jesús: «Y, así, jamás aconsejaría, si fuera persona que hubiera de dar parecer, que cuando una buena inspiración acomete muchas veces, se deje por miedo de poner por obra; que si va desnudamente por sólo Dios, no hay que temer que sucediera mal; que poderoso es para todo».

Fernando de la Fuente, volcado sobre el problema de la reconciliación, se preguntaba por su parte a la vista del campo de Nyamirangwe y de los odios sordos que constataba entre los refugiados y en los enfrentamientos entre los militares: «¿Será la colina un volcán con erupciones de odios y venganzas contenidas? ¿Se escribirán los epílogos con la rúbrica feliz de un pueblo reconciliado que puede volver a su tierra?».

Y, por último, Julio, Julio Rodríguez, el que había escrito con entusiasmo juvenil: «Para mí es una alegría el poder estar con esta gente»; el que se había fijado un criterio rector de su actuación, diciendo, «como primer objetivo, acompañar a esta pobre gente en su situación, animando lo que ellos mismos hacen»; el que había optado dejar su colegio y sus clases de dibujo en Goma y pasar a Nyamirangwe «con mucha ilusión y gusto a ayudar a esos que son aún más miserables que éstos de Goma».

Todos estos interrogantes y todos estos compromisos ya han encontrado respuesta y el lauro al que aspiraba Pablo, el Apóstol de los gentiles. Arropados en unas bolsas de plástico, los cuerpos de Julio,

Miguel Ángel, Fernando y Servando fueron trasladados al cementerio de la comunidad de Nyangezi. A la sombra de unos altos eucaliptos, centenarios, se dispusieron cuatro fosas. La tierra rojiza cubrió los despojos mortales. Clavadas en ella, cuatro cruces de madera tosca. Cada una lleva el nombre del hermano. Nada más. No hace falta nada más.

Hay en este cementerio otras tumbas de misioneros. La más antigua es del año 1906. Las cuatro de hoy prolongan una sinfonía de solidaridad. Y es una primera respuesta que habla de una Iglesia testigo siempre del mejor amor.

La respuesta definitiva —sí, la definitiva— se encuentra en el centro del camposanto. Se levanta ahí un crucero de piedra. Es un clamor de esperanza para todos los muertos. La inscripción, en latín, reza: «*Ego sum resurrectio et vita*». «Yo soy la resurrección y la vida.»

Servando, Miguel Ángel, Fernando y Julio ya no tienen nada que preguntar. Han abrazado la respuesta del Dios del amor. Y duermen, en la esperanza de la resurrección y de la vida, en la paz del Señor.

Epílogo

El 19 de enero de 1997, a sólo dos largos meses del asesinato de los hermanos maristas de Bugobe, fueron asesinados tres cooperantes españoles de Médicos del Mundo: María Flors Sirera, Manuel Madrazo y Luis Valtueña. Cayeron muertos en la localidad ruandesa de Ruhengeri. Se responsabilizó del asesinato a dos hombres hutus, uno de ellos —se dijo— antiguo *interahamwe*. Luego surgieron serias dudas sobre los autores del crimen. Los presuntos culpables murieron en la cárcel antes de que hubiesen declarado en un juicio. Comenzó a sospecharse por un conjunto de indicios que, tanto estos asesinatos como los tres de los cooperantes españoles, podían ser obra de los propios soldados del Frente Patriótico Ruandés. Las actuales autoridades de Ruanda no están nada conformes con la actuación en su territorio de las Organizaciones No Gubernamentales, por más que su trabajo de ayuda humanitaria les sea necesario. Los cooperantes y voluntarios de las ONG resultan testigos incómodos de la política genocida que están llevando a cabo contra los hutus y, más concretamente, contra los intelectuales y dirigentes de la mayoría hutu.

Sea por ésta u otra razón, ahí está la realidad: la guerra civil se ha reabierto, aún tímidamente, en el interior de Ruanda. Los hermanos maristas lo habían temido. Los tres cooperantes españoles han sido víctimas de la falta de reconciliación del pueblo ruandés. Y del desamparo en que los ha dejado la comunidad internacional.

Índice